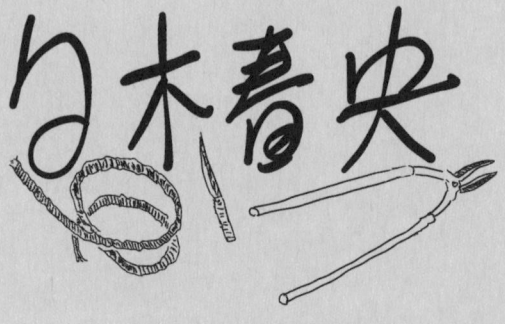

方舟

[日] 夕木春央 著

佳辰 译

中国友谊出版公司

图书在版编目（CIP）数据

方舟 /（日）夕木春央著；佳辰译 . -- 北京：中国友谊出版公司 , 2024.12（2025.5 重印）
ISBN 978-7-5057-5851-3

Ⅰ . ①方… Ⅱ . ①夕… ②佳… Ⅲ . ①长篇小说 – 日本 – 现代 Ⅳ . ① I313.45

中国国家版本馆 CIP 数据核字 (2024) 第 067596 号

著作权合同登记号　图字：01-2024-5719

《HAKOBUNE》
©Haruo Yuki 2022
All rights reserved.
Original Japanese edition published by KODANSHA LTD.
Publication rights for Simplified Chinese character edition arranged with KODANSHA LTD.
through Kodansha Beijing Culture Co., Ltd. Beijing, China

书名	方舟
作者	［日］夕木春央
译者	佳辰
出版	中国友谊出版公司
发行	中国友谊出版公司
经销	新华书店
印刷	河北鹏润印刷有限公司
规格	880 毫米 ×1230 毫米　32 开 9.75 印张　185 千字
版次	2024 年 12 月第 1 版
印次	2025 年 5 月第 5 次印刷
书号	ISBN 978-7-5057-5851-3
定价	59.00 元
地址	北京市朝阳区西坝河南里 17 号楼
邮编	100028
电话	（010）64678009

目录

序幕 001

第一章 方舟 004

第二章 天灾与杀人 048

第三章 斩落之首 118

第四章 刀与指甲钳 204

第五章 抽选 248

终幕 287

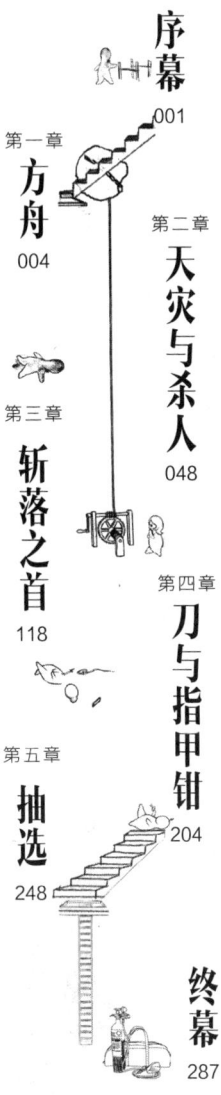

看哪,我要使洪水泛滥在地上,毁灭天下。
凡地上有血肉、有气息的活物,无一不死。
我却要与你立约。

——《圣经·旧约·创世记》

(译文摘自《圣经》和合译本)

序幕
プロローグ

走廊天花板上的荧光灯不安定地闪烁着。

脚下是在钢筋上焊的铁板，表面贴着塑胶的工业地板。墙壁同样贴了铁板，某些区域则是毫无遮掩的岩石。

此处是地下一层，即便如此，相距地面仍有近十米之遥。

我们九人伫立在走廊上，犹如即将举行宗教仪式般肃穆。

120号房敞着门。逼仄的仓库里，横躺着一具被勒死的尸体。

杀人者自然在这里的九人之中，至于究竟是谁，除去凶手之外无人知晓。

众人默不作声，唯有发动机的震动声不绝于耳。

地下三层的积水声仿佛混杂其间，不过水声不可能这么大，或许是幻听吧。

本想呼救，无奈手机没有信号。毕竟身处地下，倒也理当如此。可即便上到地面，此处也是渺无人烟的深山，根本没有信号。

这里发生了谋杀案,有人勒死了他。

这对于这里的每个人而言,无疑是一辈子都难以料及的大事件。

但是,如今令众人备受煎熬的并非谋杀。

我们所遭遇的危机比谋杀要窘迫得多,倒不如说,他遇害一事本身能化作我们突破闭塞状况的契机。

这座地下建筑堪比埋于深山的货轮,若想从中逃脱,必须牺牲掉九人中的一人。

我们必须选出一个牺牲者,若非如此,所有人将无一幸免。

该如何抉择呢?九人之中,可死之人——或者说应死之人是谁?

那就只能是杀害了他的人。

除却凶手之外,所有人必定都是这样的想法。

距离时限约有一周,在此之前,我们非得找出凶手不可。

第一章

方舟

?小时

1

出了国道附近的散步道,我们一行七人拨开杂木林,踏着朽木和落叶,沿着山路进发,穿过一片不知位于何处的枯草遍生的荒草地。

走近横亘于十米深的山谷间的一座旧木桥时,太阳已然没入了群山背面,再也看不到了。

隆平用壮硕的手臂摇晃着圆木搭建的栏杆,听到桥嘎吱作响,他皱起了有如摔跤手般线条分明的脸,随即转向一旁的裕哉说:"喂,真能从这上面过去吗?之前可没听你说过啊,应该不会掉下去吧?"

"没事,再怎么样也足够牢靠吧。我之前走过,没么危险,完全能过,瞧。"

裕哉在桥上迈出了一步,张开双臂摇晃着身体向我们示意。

反正也没别的路了,我们六个只能跟着打头阵的裕哉往前走去。

刚翻过桥,我就从防风衣的口袋里掏出手机看了眼时间——下午四点四十八分。

见我拿着手机，穿着艳丽荧光色登山服的花快步靠近我，右手举着自己的手机问道："喂，柊一，你手机还有信号吗？"

"没，显示没信号差不多一个小时了。"

"哎呀，我也是，就是说今天回不了别墅了，是吧？"

众人默然。所有人都知道这是不可能的事。

一行人翻越木桥，目之所及就是被陡峭的山包围的荒芜原野了，又往前走了数百步后，裕哉大声叫道："到了到了！看到了！就差一点，马上就到了！"

或许是不满和怀疑的目光如芒刺在背的缘故，裕哉此刻的话声里透着解脱之感。然而这边依旧没有看到类似建筑物入口的所在。

事情发生在今天上午。众人一起在湖上划船玩耍了一番后，裕哉说了这样的话："话说有个好玩的地方，从这里步行就能走到，想去瞧瞧吗？深山里有一座巨大的地下建筑。好像之前是用来干坏事的，现在大概已经没人知道了吧。"

自昨天开始，我们便相聚于长野县的一处别墅，别墅为裕哉父亲所有。

裕哉是我大学时代的同窗，发起本次聚会的也是他。这对学生时代就时常玩在一起的六人组而言，算是一场小小的同学会。

出于个人想法，我把堂兄也带来了，于是别墅里的住客就成了七人。

深山之中的地下建筑——刚听到这句话语时，没人理解那是什么。

地下建筑这般麻烦的东西，加之似乎非常庞大，究竟被谁建在深山里呢？虽说有些令人难以置信，但裕哉似乎半年前就去那里看过。

这勾起了众人的兴趣，既然距此不远，大家纷纷欣然前往。

然而和说好的不同，一行人走了又走，却还是没抵达所谓的地下建筑。拍着胸脯说走二三十分钟就能到的裕哉，也一直不安地盯着手机上的地图。

地下建筑当然不会标示在地图上。按裕哉的说法，之前造访的时候他已经在地图应用里标注了地点，但那个位置似乎和实际出入很大。当他踌躇良久，千辛万苦找到地点的时候，已然是日暮时分了。

"我说裕哉，你该不会是想住在这座地下建筑里吧？肯定来不及回去了，这样能行吗？你不是说这是个不好的地方吗？"

"没，我只是说这里之前可能被用来干坏事，都是些老皇历了。稍微借用一下也没关系吧，这里没人，就像去废墟巡游一样。"

隆平和裕哉把我们甩在了身后约十米的位置，自顾自地继续前进。

在我们抵达这里之前一直都是这个样子。隆平以代表众人的口吻，一刻不停地向负责带路的裕哉发出抱怨。

看到隆平的样子，走在右侧的麻衣朝我露出了困惑抑或劝解般的笑容。在黄昏之下，她那有着长睫毛的眼睛反倒被白皙的面皮勾勒得愈加清晰。

虽然很想回应，但想到一定会被隆平听见，遂有些难以启齿。麻衣似乎也并未寻求我的回应，在被隆平发现之前，早已把头扭到一边去了。

回头一看，只见稍稍落后的沙耶加一路小跑着追了上来，只见她那暖褐色的头发被扎成了团子，额头上淌满了汗珠。

"那个，地下建筑里有没有厕所之类的呢？睡觉是枕着登山包躺在地板上吗？像我们这样也能行吗？"

沙耶加道出了她一直以来很介怀的事情。

我从未从裕哉那里听到过旅舍介绍之类的话题，我们并不是来此留宿的。

走在前面的堂兄翔太郎爽朗地应道："还是别抱太大期望为好，这建筑多半有各种不为人知的地方，不过总比露宿野外强吧，如果建在地下，倒也不会太冷。"

"这样啊。说的也是，晚上会很冷呢。"

沙耶加礼貌地附和着翔太郎。

堂兄和我的大学朋友明明昨天才第一次见，他对大家却表现出了超乎想象的熟悉。

翔太郎五年前从伯母手上继承了相当可观的遗产，从那以后便再也没找固定的工作。他不是外出旅行，就是醉心于地质学研究，过着漫无目标的生活。原本以为他打算坐享遗产悠闲度日，但事实并非如此。某次他拿着一百万日元远赴他国，归来时资产居然增值了数倍。

因为是堂兄，我和他打交道的时间比任何朋友都长。他是我最能推心置腹，也是至今仍不知深浅的人。

之所以带上翔太郎，是因为我觉察到这次聚会有引发争执的迹象。听说他原本就对这一带的地理很感兴趣，因此很容易就邀了过来。

迄今为止，我所担心的麻烦暂且还没有发生，不过还是意外地前往一处神秘的地下建筑。有他这个无论遇到什么事都能妥善处置的人陪在身边，我稍稍安心了些。

在被险峻的群山包围的荒野之中，裕哉骤然停住了脚步，随后指着地面叫道："找到了！瞧，就是这个入口。"

裕哉蹲下身子，将手探入了枯草之中，随后掀起了一个直径约八十厘米，看上去像窨井盖一样的盖板。

探头往里看去，下面是垂直通往地下的洞，侧面浇了混凝土，井壁嵌入铁棒做成梯子。

"就是从这里进去——"

"啊？不会吧。太可怕了，这么狭窄的地方。"

花用手机的灯光照向洞里，可是亮度不够，根本望不见底。

我也有同感。当然了，既然地处这样的深山之中，建成的建筑堪比煤矿也是理所当然的，可我通过裕哉的话，却想象出了更有文明气息的建筑。

"不是，入口看起来确实不怎么样，不过进去后就没问题了，里边真的很大，足足有地下三层呢。将就一晚肯定没问题的。"

花和另外几人明显打起了退堂鼓，我也不太想进去。

第一个动起来的人是隆平。

"也罢，我先去探探路，就这样爬下去吗？"

隆平一边小心不让背包擦到洞壁，一边顺着梯子下到地下。裕哉看了看三个女生的脸色，随即跟在了隆平身后，就好像不愿让他独自冒险一样。

"怎么办？"

"谁先走？"

花、沙耶加和麻衣三人交头接耳了一会儿，也依次下了洞，我和翔太郎殿后。

顺着梯子往下爬了七八米，脚就落到了地上。

从此处开始，通道就呈洞窟状往前延伸，这里相当宽敞，不用弯腰也能通过。

一行人徐徐下降，借着手机的灯光往前行进。

又走了片刻，发现通道中间有一块巨大的岩石，其大小无论如何都无法以人力移动。不知出于什么缘由，石头上一圈一圈地缠着粗大的铁链。

"这算什么呀，是本想挖出来却放弃了吗？"

"天晓得——"

翔太郎意味深长地说了一句。

穿过巨岩的侧边，铁门映入眼帘。在铁门跟前，脚底的天然岩石变成了污迹斑斑的木地板，自此开始便是显而易见的人工建筑了。

裕哉把门打开，照亮了里边。

"哦？真的哎，太厉害了。"

隆平发出了不知是敬佩还是畏怯的声音。

自门延伸出去的是宽敞的走廊和低矮的天花板。再往前走一段路，走廊拐了个弯，很难望见前方。不过自打开铁门的回响声中，也能想象这处地下建筑占地何其广阔。

"好厉害——霉味太重了吧。"

麻衣喃喃道。

腐臭的气息四处弥漫，潮湿的空气堪比不见天日的密林深处，其中还混杂着些许化学品气味。

"这里的照明是怎么回事？没通电吗？"

"虽然没通电，不过有一台超级大的发电机哟。感觉应该能动，要是不行的话，只能靠手机的灯光坚持一下了，我带了充电宝。"

隆平和裕哉穿过铁门，迈向了漆黑的走廊。

所有人手里都亮着灯，排成萤火虫幼虫模样的队列，战战兢兢地紧随其后。

地板用的是古旧廉价的塑料建材，左右墙壁像旅舍一样开了好几扇门。

沿着走廊左拐之后，裕哉指着眼前右手边的房门，上面贴着107的号码牌。

"这里有发电机，不像是坏的——"

裕哉拧开门把手，将灯光照向室内。

那里似乎是一间类似机械室的房间，墙面上爬满了黑色的电缆。这些电缆汇集于房间深处，与发动机连在一起。

就像很久以前在打工的医院见过的实物一样，这是一台浴桶大小的自发电装置，排气管沿着墙壁直插天花板。机器的年龄似乎比我还大，但里边装的几个煤气罐看起来挺新。

众人查看了气罐的气压表，似乎还有煤气。裕哉和隆平在发电机上摸来摸去，摸索着该如何启动。

见两人不知道操作方法,翔太郎小心翼翼地开口说:"首先请确认气罐和软管是否连接妥当,然后打开发动机的开关,拉一下启动手柄。"

裕哉依他所言进行操作,发动机响起了摩托车般的轰鸣声。

下个瞬间,天花板上的荧光灯闪烁不定。顷刻之间,从机械室到走廊,苍白的灯光填满了整个地下建筑。

"太棒啦,没有照明可真是太不方便了。"

沙耶加环视着众人的脸说。

在宽心的氛围下,我们走出了逼仄的机械室。

这处地下建筑中蕴含着无数谜团,众人本想在明亮的室内好好探索一番,但此刻疲劳战胜了好奇心。

裕哉领着众人沿着走廊退回入口方向,稍稍走了几步,便打开了位于机械室对面的 106 号房间的门。

"这里是餐厅,要不要歇歇脚呢?"

这是一间约十叠大小的房间,狭长的室内放着一张长桌,桌边摆满了椅子,是个足以容纳数十人的餐厅。

花一把拽过了身边的椅子。

"哇,好脏——这个还能用吧?"

椅子非常廉价,就像放在学校里的那种。而且由于长期置于地下,背板长出了黑色的霉菌,已有了腐烂的迹象。

花拍了拍背板，战战兢兢地坐了下来，椅子并没有塌。

定睛一看，长桌的面板是那种贴着木纹的廉价胶合板，果不其然有些受损，拿来垫脚似乎很危险。

餐厅里设有水池，我试着拧开水龙头，里边咕嘟咕嘟地响了几声，随即喷出了红黑色的水，少顷，水即转为透明。

"哎呀，自来水还能用啊。"

我情不自禁地嘟囔道。

水池上设有一个橱柜，里边陈列着大量看似古旧而厚重的杯盘。

沙耶加跪倒在墙边，似乎在摆弄什么东西。

"啊，太厉害了，插座也能用哎，瞧。"

她将手机的充电器插在了光秃秃的插座上。

我们在餐厅里休憩了片刻，伸伸懒腰打个哈欠。

众人之间几乎没有像样的交谈，就像抵达登山途中专供留宿的山间小屋一样，这段时间只是一味地消解疲劳而已。自昨天的聚会以来，这是最让人怀念学生时代的瞬间。

可是在悠闲自在地舒展身体的同时，这间休息室里也洋溢着不安定的气氛。过了片刻，翔太郎靠过来拍了拍我的肩膀。

"柊一，要不要稍微调查下建筑里边的情况呢？这里看起来相当有趣的样子。"

虽说刚来了食欲，不过我也很在意这处地下建筑。

就在这时，一直显得不尴不尬的裕哉插了进来。

"啊，翔哥，要我做向导吗？之前来的时候，我已经去很多地方看过了。"

见他决意同行，我们遂离开了餐厅。三人开始探索这处地下建筑。

低矮的天花板上摇曳着的晦暗的荧光灯的光，污渍斑斑的地板和廉价简陋的建材搭建的墙壁，以及遍布其上的电线，综合起来看，这处建筑给人以古旧货船的印象。

不只是主观感受，就连其体积和构造也与货船相近。建筑物是将铁板焊接于纵横交错的钢架上构筑而成，共有三层，结构狭长，走廊的左右两侧依次排列着仓库模样的房间，以及设有简易铁管双人床的房间。

这里的每扇门上都似公寓般贴着写有房号的号码牌。回到出入口的位置，背对铁门右侧的房间是101室，左侧是102室，沿着走廊往里走，之后的号码以103、104这般递增。无论是仓库还是寝室，不管用途如何，所有的房间都编了号。每扇房门和墙壁之间都有歪歪扭扭的缝隙，整体的观感相当粗陋。

餐厅旁边的104号房是厕所，和公共设施一样，设有四个厕所单间。里边附设了淋浴间，虽然并没有让人使用的欲望。

空气中弥漫着臭气，倒也不至于令人反胃，由于已然停用了许久，排泄物似乎正在分解。

"这里没有下水道吧？水究竟排到哪里去呢？"

"大概是事先存入便槽里，再用水泵抽到地面上吧。生活排水也用了同样的构造。"

翔太郎一边窥探着和式马桶内部，一边回答了我的疑问。

厕所的参观就到此为止了，众人回到了走廊上。

途经107号机械室，走廊向左拐弯，在拐角的位置，一个通往地下二层的铁制楼梯映入眼帘。

我们暂时无视楼梯，沿着走廊继续前进。走了五米左右便向右拐弯。此处走廊的左右两侧也排列着门，从机械室后边的108号起，到最里边的120号。

房间外侧的墙壁上，某些位置已然有黢黑的岩石表面裸露在外，其手感与从入口处下来时所见的洞窟别无二致。到处都有渗水，内部湿气极重。

看来这处地下建筑是依据地下产生的天然空洞的轮廓进行修整，划定楼层，配置墙壁，改建而成。走廊以不自然的角度弯曲着，似乎是遵循原有地形的结果。

走到尽头之际，翔太郎以仿佛看完博物馆陈列品一样的语气感叹道："差不多有二十间房吗？花了不少钱吧？不过造得倒也还算不错，虽说是个超级违章建筑。"

"不只这些，还有地下二层呢。"

裕哉先动了起来，顺着走廊返回了有楼梯的位置。

地下二层的构造也和上一层大抵相同。走廊穿过闪电形的楼层，左右两侧都设了门。这一层虽没有餐厅那样的大房间，不过地下一层的厕所下方果真设有便槽，占据了一整个房间的空间。按裕哉的解释，从201到220，果真一共有二十个房间。

地下二层的走廊上也亮着荧光灯，不过下了楼梯的左手边，也就是房间号码较小的一带已然沉入了幽暗。明明装有照明灯具，是不是哪里的电线断了呢？最里边倒是亮着灯，或许是那边的配线分属于不同的电路系统吧。

三人走下楼梯，在着手探索房间之前，翔太郎问了一句："裕哉君，你是怎么找到这个地方的呢？"

"啊？哦，是半年前偶然发现的，当时我打算独自露营，想去一个谁都不会去的地方，所以才进了深山，然后就发现了那块盖板，进去一看，实在是太厉害了。"

裕哉站在走廊正中央张开了双臂。

"这究竟是什么地方？为什么会有人建起这样的建筑物？说实话，我觉得这里显然是用来干坏事的。"

翔太郎略一思索，随即回答道："这里可能是五十年前激进派的据点。"

"当真？那个激进派？七十年代的事情？"

"乍一眼看去，大概就建成于那个年代。那个入口中间还有一块巨大的岩石对吧？就是那个缠着铁链的机关，无论怎么看，那块石头都像是为了在紧要关头当作路障而特地放置的，是想用来堵住铁门吧。不过继激进派之后，似乎还有别的犯罪团伙用过这里。有些线路还比较新，顶多也就是二十年前安装的吧。激进派倒也不至于在这个年代还坚守于此。"

我也隐约有了这种感觉。

至于为何要建在如此深的山里，而且还是建在地下的建筑，那一定是为了掩人耳目。可一旦明确地说出来，便平添了悚然之感。

而翔太郎则爽朗地说："关于这到底是什么东西，让我们仔细探查一番吧。"

我们走进眼前的 208 号房。这是一处像是废品存放处的房间。

在杂物堆里搜寻了一通。里边有用过的劳动手套、锈迹斑斑的割草镰刀、古旧的喇叭、铜管和木头等各色杂物。有些看上去相当破旧，有些则不然，尽是些街角垃圾场里那种堆成山的杂物。

"哦？犯罪团伙的据点里也有草帽嘛。"

翔太郎一本正经地说着，拿起一个宽檐的破旧草帽展示给我看。

"嗯，我还以为会冒出手枪、白粉之类的东西，其实并没有嘛。"

"应该是在搬离的时候带走了吧。如果那伙人真在这里用过那种东西，那么四处仔细找找的话，说不定还能翻出些什么呢。"

翔太郎随手把草帽抛在了破破烂烂的木箱上面。

然后我们打开了斜对面209号房间的门。

一眼望去，这里也是扔垃圾的房间。虽说废品模样的东西比刚才的房间略少，但也堆满了房间的角落。

可当我们打开室内的照明开关后，却发现里面摆放的并非208号房里那种平常的东西。听闻这里曾为犯罪团伙所用，我联想到的是凶器和毒品，但实际找到的却是比这些还要阴暗的物品。

首先映入我眼帘的是束缚用的长链，上面附有手铐和脚镣，最里边的是一把通体漆黑的铁制椅子，椅面尖锐，很是异样。

还有缠着皮革的粗木棍棒，以及约莫人头大小的金属框上附着钳状金属部件的器具，不知有何用途。外加一些锈铁钉和混凝土块之类的东西。

不论是我、裕哉还是翔太郎，纷纷以尴尬的表情面面相觑，好似偷窥了别人的秘密一般。

裕哉走到房间一角弯下了腰，不敢触碰工具，就那样呼了口气。

"有没有搞错啊？太糟了，这是刑具吧？"

"怎么看都是吧。"

翔太郎回应道。之前过来的时候，裕哉好像没看过这个房间。

"这些真的被用过了吗？"

"这我也不知道，不过挺像那么回事的。之前只在博物馆里见过，没想到现实中真有哎。"

这些刑具破破烂烂且布满锈迹，虽说并没有留下血痕，但若仅仅作为恶趣味的装饰品来说，伤痕未免太多了点。我环顾四周的地板，塑料地板上仍残留着撕裂的印痕，看上去就像是有人曾痛苦地挠着地板。

二十世纪七十年代的激进派组织曾因内部不和而演变为互相残杀的事件，就连我也有所耳闻。倘若这处地下建筑的来历和想象中的一样，那么找到刑具也就不是什么不可思议的事了。

毫无生气的地下建筑中，突兀地飘出一股带着血腥味的悚然气息。

"可是并没有实际用过的证据吧？"

"没有，而且即便用过，也是很久以前的事情了，足以算是历史遗物了吧。"

听翔太郎这么一讲，裕哉似乎稍稍安心了些。

我也打算以他的话为依据，不去在意过去这里曾发生了什么。当然了，迄今为止，我的人生从未和刑具有过交集，无论如何，今后也绝不会扯上关系。

之后我们又查看了附近的几个房间，不过并未发现比刑具更危险的东西。

"对了，裕哉君，你不是说这里有地下三层吗？要从什么地方下到地下第三层呢？"

翔太郎问了一声。走廊上并没有通往地下三层的楼梯。

"啊？哦，下去的地方在最边上，不过因为出了一些状况，所以没法下去。去边上转转吧，看一眼就知道了。"

裕哉走在前面为我们带路。

沿着走廊朝号码较小的方向前进，沿途的照明尽皆熄灭，虽说光亮尚不足以影响走路，但我们还是打开了手机的灯光。

尽头处的铁门映入眼帘，虽然和地下一层的入口相仿，不过这边显得更加狭小逼仄。

裕哉指着那边说道："喏，这里的正上方应该就是我们进来的入口。"

若反向追溯前来此处的轨迹，大抵正如他所言。

裕哉缓缓地推开了铁门。

这里是一处与其他房间迥异的空间，刚进门的通道就似瓶口一样狭窄，再往里走几步，到处都是漆黑裸露的岩石，唯有入口处的天花板铺着木板，因此显得特别低矮。除此之外全都是岩石，唯有这个房间是天然洞窟的模样。

而且在房间深处的墙面上，还安装着卷扬机模样的东西，像是打捞沉船所用。

卷扬机上缠着粗大的铁链，向着铁链的另一端追溯，可以看到一条铁链穿过岔口的滑轮，从门附近的木板顶棚一路通往地下一层。

"啊！难不成这就是缠在巨岩上的锁链吗？"

"没错，我说过那块石头其实是路障吧。"

只需转动这台卷扬机，巨岩就会被拽下来，堵住地下一层的铁门。

"好吧。听你这么一说，怎么看都像是路障，之前没想太深。所以这里的天花板唯有入口处铺了木板，就是为了让铁链穿过去吗？"

"嗯，就是这么回事。不过兴许还有更多理由。"翔太郎意味深长地说道。

"对了，通往地下三层的楼梯就在这个房间，但是没法再往下走了，瞧。"

裕哉指向了房间右侧靠里的位置，只见地板上开了个方形的洞口，那里设有楼梯。

凑上前去往楼梯下面看了一眼，登时就明白了裕哉的话中之意。

地下三层被水淹了，楼梯从上往下数的第四段，地下三层的天花板附近的空间已然尽成泽国。我蹲下身子，尽力伸直了手，指尖触碰到了黑油油的水面。

"好冷啊，不会吧，这里真被水淹了啊。"

"毕竟是在地下嘛，而且是外行人造的建筑，大概是浸水了吧。而且这里被天然的岩石包围着，变成这个样子，说正常倒也正常。而且排水设备似乎坏了，或许正是这个缘由，地下建筑才被废弃了吧。"

这话不假，之前我也看到地下一层的外墙有渗水的迹象。

"瞧这样子，实在没法戏称这是带泳池的豪宅了。话说回来，还是有些瘆人啊，再这样下去，整个建筑早晚会被水淹没的吧？"

裕哉回答说："理论上是这样，不过理论上讲要花很久。和我半年前来的时候相比，水位似乎并没有太大变化，可能只多了一点点吧。照这个趋势发展下去，起码也要五年之后了，对吧？"

这话倒也在理。

用手机的灯光往水里照了照，地下三层似乎杂乱地堆放着掺着钢筋的混凝土块和废弃钢筋之类的东西，再也没有其他可以看到的东西。于是我们回到走廊上，往来的方向走了回去。

走到楼梯附近的时候，走廊的另一端出现了沙耶加举着手机拍摄的背影，似乎是在好奇心的驱使下过来拍照的。

"裕哉君,这个地下建筑的出入口只有我们一起爬进去的那个洞吗?应该不会只有一个吧。"

"不,还有另一个,就是没法用。瞧,就在地下三层,那里有个垃圾井模样的细小洞窟,一路延伸到地面。可惜都被水淹了,根本过不去。"

"这样啊。"

"没错,机械室里有一幅内部图,一看就知道了。"

于是我们三个回到了刚才去过的机械室。

裕哉拉开机械室办公桌的抽屉,里边乱七八糟地塞满了古旧的创可贴、指甲钳,以及铅笔、圆珠笔等各色文具。

他将这些东西尽数掏到台面上。不多时,他找到了一张混在其中的图纸,大小相当于A2纸对折四次。

"喏,就是这个。之前看过以后,我把它塞在了很深的地方。"

这是一张可以窥见建筑整体构造的设计图,称为内部图多少不太贴切。似乎是建造时留下的,纸张已然严重泛黄。

在图纸的上部用圆珠笔写着"方舟",貌似是事后添上去的。想必就是这座地下建筑的名称吧。

"方舟"恰如我们所见的那样,是三层结构。整体狭长,中段折曲,形似镜像的"Z"字。单从图纸上看,地下三层与地下一层和二层并不相同，没做细分，只有几个大房间。我们进来的出入口位于西侧，另一个通往地面的出入口则位于地下三层东侧。

也就是说过桥后不远处就有另一个入口的盖板。非但是我，就连翔太郎也未曾发觉。经过那里的时候天色开始转暗，没看到也是理所当然的。

"裕哉君去那个紧急出口里边看过了吗？和这张图纸画的一样吧？"

"嗯，是的，我试着从紧急出口往下爬，恰好到了地下三层的天花板附近。可再往下全被水淹了，只得原路返回。"

"说起紧急出口……"

从刚才开始，我就对某个东西很是在意。

"这又是什么呢？"

我指着桌面上的东西。

这里并列放着两个液晶显示器，是小学图书馆里用的那种十五英寸的旧显示器。遮光板上分别用记号笔潦草地写着几个字，就是刚才说的"出入口"和"紧急出口"。

"哦，这个啊，我上次来的时候就发现了。这里好像是监控摄像头的显示器哦，上边不是写着'出入口'和'紧急出口'吗？我趁天亮的时候查看过了，盖板附近似乎都设有摄像头，就装在树上，西侧的出入口和东侧的紧急出口都有。这个大概能显示出摄像头拍到的影像吧，不过之前没通电，所以没法确认。"

"方舟"平面图

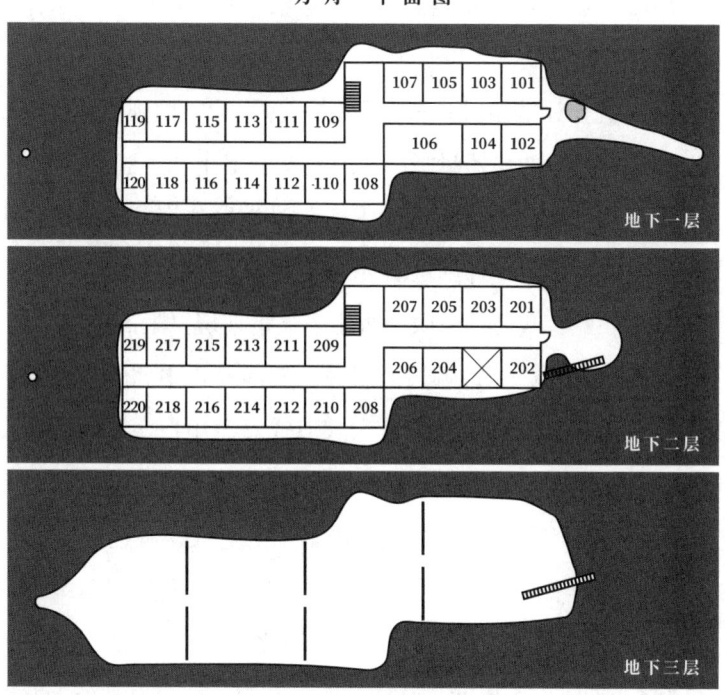

"方舟"断面图

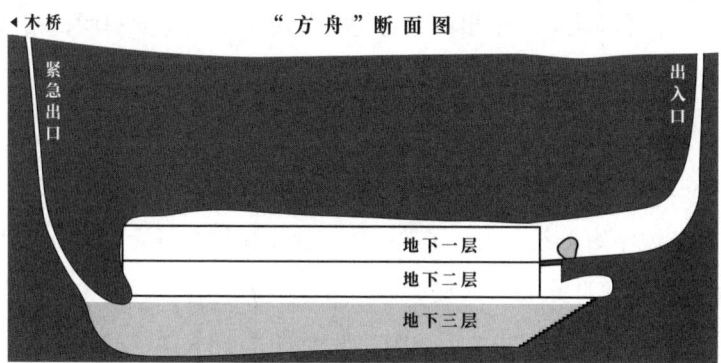

裕哉一边喋喋不休地说着，一边依次打开了两个显示器的电源。

"哦，好像还能用哎？——啊啊，太厉害了，拍到了拍到了。"

伴随着轻微的机器嗞嗞声，旧显示器上出现了监控影像。

夜幕已然降临，画面就如木版画般难以分辨，看来摄像头也和这边的显示器一样都是旧货，因此清晰度不是很高。

尽管如此，我还是一眼分辨出了显示在屏幕上的荒芜野地，在月光的照耀下，无论哪边的影像，都能在正中间的位置隐约看到一块盖板。一旦有人靠近出入口或紧急出口，登时就能发觉吧。

裕哉一边用手指描画着两个屏幕上的盖板，一边说道："对对，这就是进来的出入口，这边则是桥边上的紧急出口。"

"这两处应该有一百米左右的距离吧？"

"啊，没错，大概就是这样。要是其中一个出口被外人发现了，还可以从另一个出口逃走吧？"对于翔太郎的提问，裕哉这样回复道。

安装摄像头想必也是一桩费时费力的事吧。我讶然地说道："小心过头了吧，这里究竟是什么人在用呢？"

"说不定是某个新兴宗教团体在这里搞什么特殊的修行。如果只是为了防止外人入侵的话，摄像头的安装位置未免太古怪了。倒像是防备里边的人逃跑而设置的。"翔太郎这样回答道。

这算得上一个极有说服力的推论，我再度端详起写在发黄图纸上的"方舟"两字。

"这个名字果然是取自《圣经·旧约》里的诺亚方舟吧？"

"嗯，也想不出其他的由来了。"

追思往昔，我回想起了大学时代在文化人类学的课堂上随手翻阅《圣经》时的情景。闻名遐迩的诺亚方舟的故事，仅仅记录在厚厚一册《圣经·旧约》的开头。

当乱世来临，暴虐满地之际，善良的诺亚受到了启示。神曰"上帝决定毁灭人类"，启示诺亚建造方舟以备洪灾。传说中，当方舟建成，诺亚和他的家人，以及各种生物（须包括雄性和雌性）都进入其中之际，洪水就会降临大地。原典里的记述当故事来看极其寡淡，但以此为题材衍生出来的寓言故事，抑或是小说、电影之类，大抵都有不信洪水降临的人对在山上建造方舟的诺亚一家大肆讥嘲的描写。

建在深山之中形似船舶的建筑物，兴许名字是后来添上去的，但"方舟"之名还是简单易懂。对于激进派或是新兴宗教团体的人而言，此处或是等待救赎降临的所在。

不过于我而言，这些仅是恶劣的玩笑。在这座危险重重的地下建筑之中根本找不到所谓的救赎，能找到的唯有刑具而已。

一同前来的人里，并没有虔诚信奉宗教，抑或抱持着偏激政治思想的人。看来我们一行并非诺亚一族，而是嘲弄建造者的一方。

"咦？你们在干什么啊？"

听到我们在机械室里的骚动，沙耶加自敞开的门里探出了头。

而后一直在寻找沙耶加的花也跟着现身了。

"咦，沙耶加，你在这里啊。是来拍照片的吗？"

"嗯，是啦。这种地方我大概这辈子都不会再来了，权当纪念吧。"

她依次张望着各个房间，似乎是在拍照。

"虽然没什么大事，不过尽量还是别传到网上啊，万一被使用过这里的人发现就不妙了。"

"啊，确实呢，还是别这样做比较好，我只拍了照片。"

就在沙耶加和花这般交谈时，麻衣和隆平也结伴到了这里。

看来除我们以外的四个人也很在意建筑的内部，七个人齐聚在机械室里。

见到打开的显示器，众人露出了意外的表情。

就像之前对我和翔太郎说明过的那样，裕哉向他们重复说了一遍地下三层的积水、紧急出口以及监控摄像的情况。

"哦，算是清楚了。"花打断了裕哉的话，"其实我想出去一下，我男朋友在白天发了消息，今天我要是不回信的话，说不定会在外出期间跑到家里找我。"

裕哉挠了挠头。

"嗯……不过这一带的信号好像很糟。"

"是啊,我就稍微试一下,如果不行就放弃。有谁跟我一起去吗?"

因为地处漆黑的深山,任谁都害怕单独出去。

"那我陪你一起去吧。"

可花似乎并不情愿和裕哉单独出去。

觉察出这样的气氛后,沙耶加立刻伸出了援手。

"那我也一起去吧,我这边多半也有工作上的联系,可以吗?"

"啊,你也要去吗?太谢谢了,这样就好。"

商议妥当之后,花、沙耶加和裕哉暂时去了外边。

待三人出去后,隆平的目光越过我的背后,盯着显示器上昏暗的画面。

"真的能拍进去吗?"

远远看去,这似乎是因为接触不良而什么都没拍到的静态影像。

"哦哦,是花他们。"

外出寻觅信号的三人掀起盖板的影像,被出入口一侧的监控摄像机拍了下来。

打头阵的人影朝摄像机挥了挥手,这人正是裕哉。紧随其后穿着花哨上衣的人是花,走在最后的是沙耶加。当然了,在黑暗中没法看清长相。

过了片刻,紧急出口一侧的摄像机也拍到了三人正举着打开灯光的手机往前走,似乎是打算翻过木桥前往高地,看看有无信号。

"喃,能拍到嘛。"

隆平叹服般地嘟囔了一声。

在这之后,他和麻衣显得百无聊赖,时不时摆弄一下裕哉扔在桌面上的东西。又过了片刻,感到厌腻的隆平抓起麻衣的手,两个人就这样离开了机械室。

我和翔太郎则继续待在机械室里,心不在焉地盯着显示器。

"大家都有东西吃吗?"

无所事事的我向堂兄问了一句毫无意义的话。

"这个啊……"

看起来众人的注意力全都集中在参观地下建筑上,大概都没吃饭。

又过了三十分钟,裕哉他们回来了。多亏了监控摄像头,我们第一时间获知了他们回来的消息。

然而裕哉一行人的模样却很奇怪。

"咦？人数怎么变多了——什么情况？"

出入口上的监视器映出的人影自三个变为六个。

好似恐怖电影一样的事情正在上演。我和翔太郎急忙走出机械室，去往铁门前迎接状况有异的一行人。

打开铁门，首先进来的是裕哉，紧随其后的是花，她的上衣沾了污泥，显然是跌了一跤。

之后是沙耶加。

再往后，站在她背后的，是怯生生的一家三口。

父亲模样的人留着一头斑白的板寸，年龄约莫五十岁，戴着黑色的粗框眼镜。母亲模样的人身材微胖，一头短发。儿子模样的人嘴唇略厚，看起来像个初中生。

一看到我们，沙耶加就解释起来：

"那个，听说这几个人迷路了——我们就说这里有个遮风挡雨的地方，邀他们一起过来了。哦，几位是过来采蘑菇的吧？"

"嗯嗯，就是这样，真是太对不住了。"

父亲回应道。

说起采蘑菇，虽说正当季，可毕竟已经走到深山里了。

这里并非我们的住处，不管怎样，先邀请他们去餐厅吧。

花一边走在走廊上，一边拍打着领口的杉树叶子。我悄悄向她问道："手机联上网了吗？"

"没,完全不行。这一带根本收不到信号。原先住在这里的人,搞不好就是因为联不上网才搬出去的吧。"

这话或许也有一定的道理。

3

我们七人和一家三口围着餐厅的长桌,面对面地坐了下来。

妻子和儿子就似误闯入陌生人婚礼的不速之客一般,视线在我们和这处古怪的建筑上游移不定。

"多有叨扰,万分抱歉。我叫矢崎,矢崎幸太郎——"父亲模样的人缓缓开始了自我介绍,"我是电气工程师,虽然是地头熟,但这回还是有些大意,迷失了方向,难得一家子一起出来。这位是我的妻子。"

"我是他的爱人,弘子。"

表情紧绷的妻子踌躇了片刻才报上姓名。

"这是我儿子,在上高一,喂——"

"……我是隼斗。"

儿子低着头应了一声。

虽说是高一学生,不过在我眼里,似乎还要显得稚嫩一些。

比起在来历不明的地下建筑里将就一晚,想必他更不喜欢和父母一起面对一群比自己年长好几岁的男男女女吧。我回想起初中时代和朋友结伴去卡拉OK，撞见跟家人一起来的同学时，对方那张尴尬的脸。

"那么各位是来自哪里呢？"

沙耶加向对方做了解释：我们原本是东京某大学的登山社团成员，受裕哉的邀请，昨天住进了长野的一处别墅中。然后裕哉说他找到了一个有趣的地方，于是便带我们来到了这处地下建筑，可是由于天色太晚没法回去。

"所以各位都是学生吗？"

"不，基本上都是社会人了——我叫野内沙耶加，在东京都做瑜伽教室前台的工作。"

"哦哦，挺像那么回事的。"

矢崎对染了头发、皮肤略微晒黑的沙耶加这般说道。他的妻儿面露不悦，似乎是叫他不要多嘴。

"好，那就从这边开始说吧——喂，学姐。"

沙耶加戳了戳坐在一旁的花的大腿。

"啊，那个，我叫高津花，做普通的办事员工作。"

面对圆脸娇小、留着波波头的花，矢崎一家三口出于礼节，领会似的点了点头。

"下一个。"

"欸，这算啥？联谊会吗？我叫西村裕哉，从事服装方面的工作，请多指教。"

裕哉好似掩饰害羞一样挠了挠脸。

"丝山隆平，健身房教练，幸会。"

看着隆平壮硕的躯体，矢崎一家似乎认同了他的职业，然而，当他们听到下一个人的自我介绍时，却露出了惊诧的表情。

"我叫丝山麻衣，是幼儿园老师。"

"咦，你也是丝山？"矢崎直率地问道，"两位结婚了？"

"嗯，是的。"

"欸？哦，不好意思，看你们这么年轻，稍微有些吃惊。都是一个社团的同学啊，真好。"

矢崎多少有些装模作样地说道。

说是年轻，可他们结婚都两年了。尽管如此，不管在谁眼里，隆平和麻衣这两个人都丝毫没有夫妻相——这是我的看法。

轮到我了，我也模仿他们的样子做了自我介绍——越野柊一，职业是系统工程师。

在轮到最后一人的时候，沙耶加急忙补充了一句："啊，刚才说我们都是一个社团的，只有这个人不是哦，他是柊一学长的亲戚——"

"筱田翔太郎，是这家伙的堂兄哦，机缘巧合之下才加入了进来。请多关照。"

在听到这句话之前，矢崎一家似乎已觉察到翔太郎身上的异样气质了。众人都穿着偏重实用性的户外服装，唯独翔太郎一人穿着不知从哪儿买来的竖条纹套装，一副不把登山放在眼里的样子，年龄又大我们三岁，个子比这里的任何人都高。

面对翔太郎时，矢崎头一次显露出疑虑的表情，不过旋即用笑容掩饰了过去。

"还请多多关照——请问各位是怎么知道这里的？是和哪位有缘吗？"

被矢崎这么一问，裕哉答道："这个嘛，反正也不是归我们所有——"

他将发现此处的缘由解释了一番。六个月前，他在尝试独自露营的时候找到了这个地方，然后又说起了这里可能是由过去的激进派建造的，之后被犯罪团伙或者宗教团体窃据。虽然他是将翔太郎的说法现学现卖了一通，不过没提到发现刑具的事。

尽管如此，矢崎一家三口还是面面相觑，觉得闯入了不妙的地方。

为了让他们安下心来，翔太郎说道："哎，将就一晚也没关系吧。把这里当成监狱酒店就行，反正貌似已经很久没人用了。"

"啊，对哦。终归不用担心有人会来，和我半年前来的时候比并没有什么变化。当时我拍了很多照片，现在的状态和那时几乎一样。唉，其实今天原本并没打算在这里留宿，但因为来的时候走了和上次完全不同的路,还以为很近,随便走走就能到。真的很对不住各位。"

裕哉半开玩笑地道了句歉。

这个时候,我们本该住在比这儿舒适得多的别墅里,一边喝着酒,一边玩牌打发时间。众人心中全都翻腾着不满的想法。

沙耶加像是给出结论般说道:"事已至此,也没办法可想了,不过矢崎一家恰巧遇到了困难,从某种意义上讲现在这个情况倒是刚好吧?这个时候露宿野外可是相当不容易的。矢崎先生,情况就是这样。在这里将就一晚可以吗?如果有幽闭恐惧症的话,可能会有些难受。"

"喂,就一晚,怎么样?"

矢崎问了一声,两位家人一齐点了点头。

"可以吗?要是反倒让你们觉得不便,那就太抱歉了,反正就一晚,还请多多关照。"

沙耶加这般说道,试图让矢崎一家相信我们并非他们忧虑的那种脱离常识的团体。

"对了,该吃点东西了吧?肚子好饿,矢崎先生带吃的了吗?"

回想起一时被抛到脑后的饥饿感后,众人纷纷翻找起自己的包。

今天午后,我们各自在便利店里购买了面包和熟食,外加不少打算晚上在别墅里吃的下酒菜。地下建筑中虽遗留有罐头一类的应急食品,但由于来路不明,所以我们并不想出手。

矢崎一家三口开始分享弘子从背包里拿出的两个手工饭团,似乎是中午吃剩下的。

"啊,要这个吗?想吃的话就拿吧,给。"

花给了他们三小份羊羹,儿子隼斗接了过来,用勉强分辨得出的声音说了声"谢谢"。

接着,众人又分了一点鱼肉香肠和巧克力之类的给他们,于是矢崎一家的晚餐也达到了跟我们差不多的水准。

吃完晚饭之后,隆平问了一声:"今天的被褥该怎么办啊?"

"哦,刚才看了一下,这里床垫、睡袋之类的都囤了不少呢,虽说积了不少灰。"

有几间寝室存放着看起来很旧的床上用品,就像集训宿舍一样。相比于山中小屋,搞不好还是这里更舒适些。

"这样吧,矢崎先生,您休息的时候挑个合适的房间住下就行了。要是方便的话,可以在门口放点什么吗?这样我们就知道这里有人在用了。"

"哦,这样啊,那么——"

矢崎观察了一下妻儿的表情,随即回应道:"我们先去休息了,多谢各位。"

"好的,晚安。"

沙耶加以响亮的声音回应道，然后一家人离开餐厅，去寻找下榻的地方。

4

时间到了晚上八点多。

我们七个仍旧留在餐厅里，由于没网，没法在被窝里消磨时间，因此大家都不想去寝室。

餐厅里充满倦怠的气氛，因为有矢崎一家在，所以没法大吵大闹，和他们的遭遇似乎决定了今天的聚会并不愉快。

就在刚才，沙耶加说了些调和的话，我也没有向裕哉口吐怨言的心情。

其他人想必也是这样的想法吧，不过就算让气氛变得更糟也于事无补。

"我今晚不想睡了，这种地方以前肯定死过人。"

花说了这样的话，显然是在绕着弯子表达不满。

"不对——也不见得肯定是这样吧？虽说看起来都是些不正派的人在用。"

裕哉尬笑着回应道。

除去我、裕哉和翔太郎，这里似乎没人见过地下二层存放的刑具，尽管如此，花还是感受到了"方舟"里飘荡的不安气氛。

"可是，这种建筑不可能是专业人士设计建造的吧？施工的人也多半是外行，这样的话肯定会死人，在这里动工本来就很危险。然后因为是坏人在用，为了不让尸体被人发现，便在附近就地掩埋，是有这样的可能性吧？"

翔太郎插了句嘴："嗯,确实是这样。就算是有名的大型建筑，也经常听说在建筑途中死人的事情。"

我们仿佛在凶宅里玩试胆游戏，尽管当事人并不情愿。

花一边说睡不着，一边哈欠连天，随后又发起了牢骚："死在这样的地底下太可怕了，我可不要。"

"死在哪里都一样吧。"

隆平插了句嘴。

"哪里都不好。总之我绝对不要死在这种不见天日的地方。我想在郁金香花海里睡着一样地死去——话说大家最讨厌的死法是什么呢？"

花提出了一个似乎很适合在这个地下空间讨论的话题。

横竖无事可做，出乎意料地，众人都认真思索起了这个问题。

裕哉抢先说道："我印象最深的就是那个，中世纪时胳膊和腿脚分别绑在四匹马上，拽得四分五裂的那种。"

"哦，确实，那个看起来相当可怕呢。"

这回换作沙耶加插话道："听说发生火灾的时候，要是吸入烟气失去意识倒还好说,可被活活烧死那就太惨了。是不是啊？"

"烧死吗？一时半会儿死不了的那种最可怕了。"

接着隆平也表达了一样的意见。

"我也是一样的想法，一下子死不了的死法最痛苦了，比如活埋之类的。"

"嗯，是啊。那柊一呢？"

我的回答是"过劳死"，而翔太郎的回答则是"病死"。

最后轮到麻衣，她苦思了片刻，然后这样回答道："我最讨厌溺水，所以是溺死吧。"

并不只是现在，麻衣自昨天和大家相聚时便显得少言寡语。

"我在想，要是制作一份讨厌的死法排行榜，勒死或者刺死大概会意外落选头几名吧？更可怕的死法恐怕还有很多。"

作为这场讨论的总结，花说了煽动不安的发言。

我并不打算炒热试胆大会的气氛，只是总觉得应该知会大家一声，于是便把在地下二层发现刑具的事情告知了他们。

众人的反应和之前我看到刑具的时候别无二致，虽然面露讶异之色，不过似乎并不打算细究这里是否真动过私刑。这些东西就跟外国的新闻一样，和自己并无关系。

不过在场的人显然变得比之前更加安分，话也少了一些。这个"方舟"并非我们该来的地方，不知为何，这般感觉在所有人心中愈加分明起来。

5

时间到了晚上九点多。

花第一个站了起来。

"我要去睡了,反正也没什么可做的。"

"啊,那我也去。"

沙耶加跟着出去了,这两个人在别墅的时候也是同睡一室。

以此为契机,已被来自众人的压力弄得不堪重负的裕哉也站了起来。

"我也去睡吧。"

眨眼间,餐厅里只剩四个人了。我的情绪随之变得压抑。

隆平瞪向了我,似乎想说什么,但说出口的仍是句不过不失的话:

"柊一,今天打算睡哪里呢?"

"不,还不知道,待会儿再做决定吧。反正我和翔太郎一起住。"

"好吧,那我们也去睡了。"

隆平和麻衣一起出了房间,餐厅里只剩下我和翔太郎。

我们默默无言地坐了片刻。和隆平对话之时,我往往不自然地故作平静,翔太郎想必也该注意到了吧。

翔太郎和我最终决定睡在 112 号房。

这是一个空荡荡的房间，几乎没放置什么家什。我俩从边上的仓库搬来了床垫和睡袋，睡觉的时候姑且可以不必受冻了。

"用这里的睡袋总觉得有些排斥啊。"

我怀疑上面会有什么奇怪的污渍，便仔细观察这些寝具，确认其气味。

"抱怨之前先闻闻自己的袜子吧。这些东西也没那么脏，和山间小屋里的东西差别不大。"

"话是这么说，不过多半被犯罪分子用过。"

翔太郎早已躺了下来，叠起两只手替代枕头，在我检查睡袋的时候投来讥嘲的目光。

总不至于包过尸体吧？如此想过后，我将睡袋安置在床垫上。上午去湖边游玩的时候，有人带了换洗的衣服，可我只能穿着浸透汗水的登山服就寝。

就在即将熄灯之际，我的手机忽然传来了振动，是某应用的通知声。

这里联不上网，怎么可能收到通知呢？于是我赶忙看向屏幕，原来是对讲机应用的通知。即便没有手机信号，通过终端之间的通信，也能在数十米的范围内和其他的手机进行通话。

请求连接的是麻衣的手机。

"喂？"

"啊，连上了呢，柊一君吗？不好意思，我只是想试试看，大家应该都已经把这个卸载了吧。"

学生时代，我跟着社团的所有成员一起安装了这个应用，因为大家都觉得有了它在登山的时候会很方便。不过意外的是根本没有机会用上。到现在仍未卸掉应用的，似乎只有我和麻衣了。

"隆平呢？"
"刚去厕所了，说是吃坏了肚子。那明天见吧。"

说完这句话，麻衣准备挂断电话，不过在那之前，她还是顺嘴说了一句：
"让你顾虑了吧。早知道我们就不来了，对不起。"
"完全没有，都是过去的事了。话说隆平还好吧？"
"嗯，现在还好，再见。"

通话切断了。
回头一看，躺在床垫上的翔太郎摆出一副看穿一切的表情，嗤笑着看了过来。
"喂，柊一，你和丝山夫妇之间到底发生了什么，赶紧从实招来吧。"

"没,并不是什么有趣的事情。"

但也不能一直这么含糊其词,于是我稍稍压低声音说道:"麻衣从很久以前就找我商量隆平的事了,大概在一年前吧。说的也就是隆平一有情绪就大谈营养问题,对饭菜百般挑剔,在乡下开车不系安全带之类的。感觉他们两个人还没好好交往就结婚了。"

"哦?这样吗?"

虽同属一个社团,可我对两人结婚的前因后果不甚了了。两人是在临近毕业时开始交往的。而我当时由于正在找工作忙得焦头烂额,甚至都没觉察,只听说是隆平追求的她。

几个月后,两人就结婚了。听麻衣说,她是嫌谈恋爱太麻烦,心想就这样算了。

"我和隆平从初中起就在一起玩了,所以对他的情况还算了解。可就算知道,我也不知道该怎么办。是啊,那家伙就是这副德行——我也只能说些这样的话。麻衣找我商量了很多事情,最近似乎被隆平发觉了,之后我们就断了联系。然后这次裕哉邀请了我,他俩也一起来了,我害怕会遇上什么纠葛。"

"原来是这样啊。所以你就特地把我叫来了?是为了邀我协助你的私通人妻计划吗?"

"才没有,别说这么恶心的话,事情不是这样。只不过我有点怕,我完全不知道隆平是什么想法。怎么说呢,我是觉得我会被他诘问一番,在精神上受到重创。"

和隆平大吵一架,然后伤了自尊心——我确乎有过这样的担心,也是真的有把堂兄卷进来,在关键时刻充当一下防波堤的想法。

翔太郎依旧笑容满面。

"好吧,似乎没什么可担心的。特地请你来一趟,倒是真对不住了。"

"没关系,反正也看到了有趣的建筑嘛。"

"是吗?这样就好。直到见了面,才发觉麻衣和隆平比我想象的要正常不少,虽然感觉隆平时不时会盯着我看,不过好在没发生什么事。反正明天就要回去了吧。"

"嗯,要是柊一觉得没事那就这样吧,不过现在还没法断言什么都不会发生哟。"

也不知是煽动还是期待,翔太郎说了句不太吉利的话。

谈话就此中断,我熄了灯,钻进了被褥。

走廊上的荧光灯一直亮着,门似乎被漏进来的光裁剪成了矩形。

待到明天日出时分,还是尽早离开地下建筑为好。

之后还得沿着山路走回别墅,再从那里驱车返回东京,应该会很赶吧。

第二章

天灾与杀人

天災と殺人

140小时

1

在咣当咣当的金属碰撞声中，我醒了过来。

那是绝不该有、彻头彻尾的凶兆之音。我起身环顾周围，寻找声音的来源，只见靠在墙上的钢制货架正震颤不休。

这幕景象映入眼帘的同时，我意识到整个房间都在颤抖。

"地震——不会吧！"

我用尚未清醒的头脑慢慢回想起自己身在何处。我们并非身处普通的建筑里，这里是位于深山的地下建筑。

"喂，危险！快离远点！"

就在我发呆的时候，先一步起身的翔太郎一把抓过我的手臂，将我从货架旁拽了开来。

下一瞬间，我栽了个跟头，摔倒在了地上。

翔太郎抓住门把手，勉强维持住姿势，货架接连倒在了地板上。晃动愈加剧烈，建筑物的各处传来了东西摔倒砸坏的声音。随后，花的惨叫声接踵而至。

地下建筑本身也发出了生锈锯子锯东西般的嘎吱声，整个建筑会不会像踏穿陷阱一样下沉呢？这样的想象掠过了我的脑海。

摇晃一时间难以平息,感觉已经晃了将近五分钟之久。

而后,就在摇晃的烈度大到无以复加之时——

外边传来了一声犹如敲响巨大铜锣的异样响动,声音并未立即消失,而是在整个"方舟"内部回荡不休。

"什么声音?怎么了!"

"这个声音可不大妙啊。"

平素波澜不惊的翔太郎第一次表露出了些许狼狈。

摇晃停了下来,建筑物并没有倒塌,但翔太郎似乎并未安下心来,他踹开粗糙的门,匆匆向出入口的方向赶了过去。

众人从走廊深处纷纷聚集过来,楼梯附近聚齐了七个人。

"啊!花,你没事吧?"

裕哉问了一声。沙耶加在背后搀扶着花。

"头撞到了,疼得厉害。"

所有人都在睡梦中遭遇了晃动,外加身处于古怪的地下建筑之中,看众人的表情,似乎一时间难以相信刚才发生的是现实。

然后,我看到矢崎一家从餐厅斜对面的103号房走了出来。

"喂,刚才是不是传出了什么巨响?没事吧?还是从这里出去比较好吧?"

矢崎向这边大喊大叫。这一家子摆出立刻就要逃离地下建筑的架势，他的妻儿都已经背起了登山包。

翔太郎回答道："是啊，还是早点出去为好。要是还能出得去的话。"

要是还能出得去的话？

听到这话，睡眼惺忪的我总算意识到那声巨大的锣鸣意味着什么。

铁门后门的洞窟过道上放置着一块巨岩，恐怕是在紧急情况下设置路障用的吧。倘若它在刚才的地震中滚落了会如何呢？那不正是岩石撞击铁门的声音吗？

翔太郎快步走向铁门，觉察到事态严重性的众人也跟了上去。

翔太郎转动门把手，用力顶着铁门，即便如此门依旧打不开，随后他用身体撞了上去。

铁门仅能推动数厘米，岩石似乎从另一侧严严实实地压住了它。

"借过，让我试试。"

隆平握住了门把手，吭哧吭哧地推起了门。

就连我也加入了进去，三人一起用手扶着铁门，像是练习相扑般一下一下地撞着。

而那头纹丝不动。铁门将我们的尝试尽数反弹回去，从触感中就能得知，这东西无论如何都无法以人力推动。我无力地垂下手臂，众人都一脸焦虑地看了过来。

我们十人被困在了这个地下空间里。

"现在怎么办？——难不成就这样出不去了？会有这种事吗？"

花满腹怨气地嘟囔着。

"不——我们下去看看吧，到那里或许有什么办法。"

翔太郎打起头阵，我们沿着楼梯向地下二层走去。

2

状况明了之际，恐惧接踵而至。

这是深山的地下。地面上无人知晓我们身陷此处，手机当然也收不到信号。

要是没法移除岩石呢？

当然了，我们就只能死在无法离开的"方舟"之中。

我想起了孩提时代，自己将装有螳螂的虫笼关在桌子的抽屉里，结果害死了它。当我发觉螳螂死亡之际，我对它的死法感到无比畏惧，特地去公园埋了它的尸骸。尽管如此，毕竟只是昆虫而已，不愉快的回味过了两三天也就尽数忘却了。

此时此刻，走在地下建筑内的每个人，无疑都在脑海里回味着各自的人生，点燃了各自的恐惧之情。

我们来到了地下二层的铁门跟前,眼前正是通往出入口正下方的那间洞窟房间的铁门。

里边太过狭窄,挤不进去所有人。于是翔太郎第一个跨过门槛,然后是我、隆平,最后是矢崎。

进去一看,天花板上显然发生了异变。

铁门附近低矮的天花板用细钢架铺上木板搭建而成,楼上的巨石冲破木板露出头来,就连细钢架也发生了扭曲。

"哎呀!完全被堵住了——"

隆平紧紧握着钢架,抬头看向楼上。

透过碎裂的木地板,可以窥见地下一层的铁门被堵了个严严实实。缠绕着铁链的巨大岩石紧紧地附在铁门上。

矢崎仔细地打量着天花板,然后说了一声:

"能不能干脆把钢架拆掉,让岩石掉到这里?这样一来,上边就能走人了。"

他是想让岩石穿过天花板,一下子砸进地下二层。固定细钢架的螺栓全都朝下暴露在外,似乎可以拆卸下来。

翔太郎回答道:"光拆钢架不行啊,这块石头刚好卡在铁门一侧的墙面和洞窟一侧的地板之间。必须拆掉钢架,再把岩石往下拽才行,没有很大的力量是行不通的。"

需要巨力把巨岩拽到楼下。

既然如此,不是恰好有合适的设备吗?岩石上缠着铁链,铁链连着卷扬机。只需转动卷扬机的手柄就足够了吧。

这么一想，我立刻意识到使用卷扬机在程序上存在极大的问题。

我朝屋内望了一眼，翔太郎默默地点了点头。

"也就是说，拆掉钢架，再转动这个房间的卷扬机，让岩石掉下来就行是吧？但这样一来，转动卷扬机的人不就被困在这里了吗？"

若让地下一层的巨岩落入这个狭小的房间里，房间的入口便会被它堵死。通道在铁门附近变窄，掉落的岩石会被卡入其中。而卷扬机当然只能在这个小房间里操作。

也就是说，要是我们想走出这个地下建筑，就必须把某人留在这间地下二层的小房间里。

翔太郎撇着嘴说："事情就是这样。石头要是掉到地下二层，这个小房间的出口就会被堵死。多半是建造这里的激进派有意为之吧。石头的大小未免太精妙了。"

也就是说，一旦把堵住地下一层铁门的路障岩石拽到下一层，它就能化为将地下二层和地下三层分隔开来的路障。

堵住地下一层铁门的那块巨岩，若由外向内，假以时日必能突破。因此得先将地下一层堵住，让内部的人撤到地下三层，然后再让岩石落入地下二层。要是将岩石堵在这里，再想闯入便难于登天。就像这个为夸大妄想而生的建筑一样，这倒是与之相得益彰的机关。

通往地下三层唯一的楼梯就在这个小房间里。按理说，拽下岩石的人还可以去往地下三层，但如今那里已经被水淹没了。要是转动卷扬机，那个人势必就会把自己囚禁在堪比洞窟的狭小房间里。

弄清楚状况后，我们姑且离开房间，回到了走廊上。

隆平小声说道："那我们该怎么办？必须有人转动卷扬机把石头弄下来吧？然后让其他人先逃出去，赶紧呼叫救援吗？"

众人都打了个寒战。担下这个任务的人，必须独自一人被关在这个狭小的房间里，一味地等待救援——无论是谁，恐怕都敬谢不敏吧。

裕哉强打起精神说道："好了，也不用着急吧？不管怎样，我们总算知道了要怎么做才能出去，还是考虑周全之后再行动吧。"

地下建筑内存有大量罐头食品，自然也有水。两三周之内并无挨饿之虞。

"对了，总之我们先在这座建筑里探索一圈如何？要是能寻觅到更合适的工具，说不定不用那个卷扬机也能把石头弄走。所有人一个不留地出去才是最优解。不管怎么说，六角扳手终归是必需的吧？得用它拆掉钢架，先去找找看。"

他的话非常在理，要是没找到六角扳手，后面的事都无从谈起。

对于先找工具的提案，众人都表示同意。究竟让谁留在地下，还是留到之后再考虑吧。

用作仓库的207号房就和工具室一样，钢制货架上放置了大量工具，锯子、铁锤之类的一应俱全，这是最有可能寻获六角扳手的房间。不管怎样，我们一边收拾因地震而乱作一团的仓库，一边仔细搜寻。

可是并没有在这里找到扳手。

地下建筑有好几个仓库，由于未曾进行过仔细的整理，因此扳手有可能在工具室以外的地方。

我们决定分头行动，十个人在建筑之中各找各的。唯有花声称头疼，没有参与搜索行动。由于自己的房间被地震搅得一团糟，她决定在餐厅休息。

我和翔太郎一起在仓库旁的205号房搜索，这里似乎是堆置材料的地方，里边放着隔热材料和金属零件之类。

"要是找不到六角扳手就难办了吧？上面的螺栓空手是绝对转不动的。"

"也是吧。不过扳手终归会有的，因为建造这里肯定用得到。"

扳手可能被用在别的地方，然后一直放在那里。

"裕哉说的更合适的工具是什么呢？不用卷扬机就能挪走那

块大石头。"

"天晓得。"

"我能想到的只有炸药,就算有也不稀奇吧。"

"炸药可不行啊,有可能会造成坍塌,所有人都得死。"

确实是这样。

"那么果然还是得留一个人在这里啊,怎么决定呢?"

自告奋勇肯定是没指望的。

要抽签吗?矢崎一家会同意吗?难道也要让那个上高中的儿子参与抽签吗?

翔太郎露出了兴致索然的表情。

"好不容易才推迟考虑的事情,现在烦恼也没用吧。反正终归要做决定的。"

他合上了正在翻找的纸箱,那似乎是个装纸胶带和塑料胶带的箱子。

"好像不在这个房间里呢。柊一,没必要两个人在同一个房间里找吧?要找的地方还有一大堆,分头找效率会比较高。"

"欸?哦,好吧,也是。"

我一直惦记着抽签选择留守者的事,想找个商量的对象,但翔太郎并不理睬我,径直离开了房间。

我在摆着床的住宿用的房间里徘徊了片刻。

看起来可能有六角扳手的房间，似乎都已经有人在找了。我总感觉自己在偷懒，但又觉得在这种地方不见得就没有，于是便往床下看了看，却只寻获一只古旧的空烟盒。

于是我来到走廊，一边思索着下面该去哪个房间，一边爬上楼梯，来到了机械室的跟前。

我突然意识到一件事，于是赶忙冲进了机械室。

对了——地面上的情况究竟如何？

只要监控摄像机没坏，应该可以确认。

看了眼手表，时间是早上六点十三分，已是日出之时。

打开两个显示器的电源，在度过令人心焦的间隔之后，上边出现了画面。

"哦哦，真的吗？——没坏吧？"

出入口和紧急出口，两边的摄像机都不曾损坏。

从出入口一侧的摄像机来看，也就是盖板附近稍微滚落了一些石头，地震的损害并不算大。

可是紧急出口那边的影像就面目全非了。

摄像头拍到的是被大量土石掩埋的荒野，倒下的树木和巨大的岩石伴随着泥土堆满了地面，已是人力无法移动的程度。

紧急出口的盖板被掩埋了。不过这头早已因淹水而无法使用，倒不算什么问题。但仍旧有个棘手的情况。

紧急出口所在的位置，恰好位于去往这处地下建筑的必经之路。

要是那里发生坍塌，被土石掩埋，即便我们得以顺利逃脱地下建筑，还是有可能会被困住，木桥有可能也垮掉了。可是若想下山，那里是必经之路。

由于手机没有信号，没法当场呼叫救援。

如此说来，即便我们来到地面，被留在地下的那个人，也必须在狭小的房间里苦熬相当久的时间吧？我越来越不想抽签了。

总而言之，这件事还是早点知会大家比较好。

就在我一边思忖一边来到走廊时，一个介于惨叫和怒吼之间的声音自远处传来：

"喂，大家快过来！不好了不好了！"

是隆平的喊声。声音自地下二层的卷扬机室附近传来。

众人从各个房间出来，齐聚于地下二层的铁门跟前。

翔太郎抢在了我的前面，我跟着他穿过狭窄的铁门。

隆平就在房间的最里面，右手握着六角扳手，还以为他在做什么，原来是在观察着通往地下三层的楼梯。

听到我们的脚步声，隆平站起身来，用六角扳手指着脚底下说："水位上升了，明显比昨天高。"

"啊？当真？"

积满地下三层的水，理应是经过漫长的时间一点一点积起来的。

和昨天相比，水位显著上升了。我和翔太郎跪在楼梯旁，朝楼下张望着。

"这里的水变多了吗？"

"好像是多了。"

翔太郎回答道。

我也不得不承认这点。昨天的水只淹没了台阶的第四段，几乎要碰到第三段，而现在，第三段台阶已然完全没入了水下。

回头一看，众人都聚集在了走廊上，静静地注视着这边的事态发展。不知为何裕哉并没有来，而其他人都到齐了。

沙耶加像抓救命稻草似的问道："水真的涨了吗？会不会是因为地震，楼梯才沉下去的？"

"不，应该不是。水面在摇晃，明显有水流的迹象。也就是说有水在涌进来。"

地层已经受到了影响。因为晃动，之前缓缓渗入的水势显著增强了。

翔太郎暂时离开了房间，之后拿着角尺回到了这里，将其垂直立于第三段台阶上。

在将近五分钟的时间里，众人屏息静待着。为了方便查看刻度，隆平用手机的灯光照着水面。

时间差不多了，翔太郎确认了一下刻度。

"水位在上升，肯定错不了。照这样下去，用不了多长时间，这座地下建筑就会彻底被水淹没。"

翔太郎如此断言道。

隆平不禁手抖了一下，手机掉进了水里。

3

从小房间里出来后，我们聚集在了走廊上。

隆平的手机似乎是防水的，他正用自己的衣服擦着从楼梯上捡回来的手机。

"扳手倒是有了。"

隆平嘟哝了一声。他本是为了确认找到的扳手是否与钢架的螺栓匹配才来到小房间的，不经意间往楼下瞥了一眼，这才发觉水位升高了。

"话说有谁想到了可以不必把人关进去而弄掉石头的办法？各位找到了什么可用的工具吗？"

被隆平这么一问，众人都陷入了沉默，看来谁都没找到那样的东西。

"这么看来，果然还是得有人留在这里吧。"

事情恐怕就是如此。

花开口说道："喂——我也不太清楚状况，但如果真的必须做点什么，难道不该快点动手吗？按最坏的状况，如果必须有人留在这里，那么其他人还能趁水涨上来以前，赶紧下山找人救援。"

"可这样恐怕还是来不及——"

麻衣说了句不祥之言。

而我还有必须告知大家的事情。于是我将走廊上的人领到了机械室。

在监控影像前，众人发出了轻声的惊呼。

紧急出口周边发生了塌方。翔太郎翻出"方舟"的设计图，对比着紧急出口的位置和显示器上山体滑坡的状况。

"这么说来，那座木桥很有可能已经被土石吞没塌掉了吧。"

而且就算木桥侥幸躲过一劫，途中的山路仍有许多险峻之处，地震完全可能导致某一段路无法通行。倘若路不能走，即便上到地面，从那里下山也得颇费一番周折。

"这样的话——哪怕出去了，呼救回来也要花很长时间吧。而且就算能马上叫来救援，将困在里边的人营救出来也很不容易。那块岩石没法轻易挪开，紧急出口又被埋了，从那边一时半会儿也进不去。"

花哀叹道。

这场地震不仅滚动了巨岩，还以精巧的手段将我们困在了这座地下建筑里。

由于地震而引发的连锁性灾害屡见不鲜，据说摇晃之后有可能会引发海啸或者火山爆发，而这处地下建筑已然化为这种次生灾害的小型试验场。

翔太郎说道："简而言之就是这样。为了逃离这里，必须有一个人被困在这座即将被水淹没的地下建筑里。而且就算到了地面，呼叫救援也需要相当久的时间。在此期间，我们只能眼睁睁地看着建筑被水淹没，所以说——我们若想得救，就必须牺牲掉其中一人的性命。我们必须考虑要把谁留在地下。"

之前顾虑的事情，越发沉重地压在了我们的心头。

必须有一个人死在这处建筑里！并非寻常的死法，而是孤身一人留守在黑暗的洞窟中，一味地等待水将那里填满。

我依次端详着每个人的脸。翔太郎萎靡不振，隆平像是提防某人的攻击般紧张万分，麻衣低着头咬着嘴唇，沙耶加泫然欲泣，而花则是一副无法接受现实的哑然表情。

而矢崎一家——矢崎显得有些愤愤不平，妻子弘子则一脸恐惧，唯有儿子隼斗看上去有些事不关己的感觉。

一家三口全都默然不语，仿佛是在害怕一旦不小心说错了话，被留在地底的就会是他们一样。

这里面的某人——抑或是我，究竟谁会留在地下？

"喂，裕哉呢？那家伙跑哪儿去了？"

隆平突然想起什么似的喊了一声。

没错，一连串的变故让众人无暇顾及。不过从刚才开始就不见裕哉的身影。只不过是去找六角扳手而已，难不成他没听见隆平的大喊大叫吗？

"我们先去找裕哉。要是所有人不聚在一处，就没法讨论这事。"

在翔太郎的带领下，我们一个跟着一个出了机械室。

众人对寻找裕哉的事都很积极。一方面是为在选出牺牲者前还有事可做而松了口气，而另一方面，也是因为在场的众人心底都对裕哉抱有某种焦躁的情绪。

被关在这种地方原本就是因为裕哉迷失了道路。若非如此，我们也不会困在这种地方。大家都有不少话要向他抱怨。

裕哉理应也清楚这点，说不定正是因为忧虑这个，才没勇气面对我们。裕哉会不会正抱着头躲在某个房间的角落里，最后被我们硬拽出来呢？

和寻找六角扳手时一样，大家又分头在建筑物里搜索起来。这次要找的东西比扳手大得多，理应不会花太多时间。

一时间，九个人粗重的脚步声在地下建筑中回荡不休，呼叫裕哉的怒号自各处传来，就像为了让船越过暴风雨，船员们在船上分头行动一样。

我去查看了拷问室所在的209号房，原本堆在房间角落的刑具因地震散落在了地板上，里边并没有裕哉的身影。

自己为何首先来到这个房间呢？这令我非常诧异。我似乎下意识地认定必须先查这处最为不祥的地方。

不多时，裕哉被找到了。

找到他的人是矢崎的儿子隼斗，整个地下建筑都回荡着他的惨叫：

"在！在这里！死——他死了！是被杀的！"

4

这是地下一层的120号房，位于东侧最边上的一处狭小房间。

由于是建在地下空洞里的建筑，那里就像是蛋糕卷的边角料一样，被用作了仓库。

尸体就趴倒在房间深处，脖子上缠着一根污迹斑斑的绳索，绳索另一头在他的背后绑成了死结。

翔太郎像滚圆木一样，用力将尸体翻到了正面。

"……是裕哉君，他已经死透了。"

他的表情无比凄惨，口唇和眼皮张得老大，皮肤的颜色也开始转为青黑色。

众人依次进了房间，验明尸体确实是裕哉。就像是出于对死者的礼仪，谁都不想近距离观察尸体。

我们伫立在走廊上。

"为什么！为什么这些事会同时发生！"

花歇斯底里地号叫着。

她的话并没有错。在过去的数个小时里发生了太多的事情。由于地震，我们被困在地下，水也渗了进来。当大家意识到必须牺牲一人才能回到地面时，裕哉就被人杀害了。

"裕哉是什么时候被杀死的？"

"肯定是大家一起找六角扳手的时候，否则也没有其他机会了。"

翔太郎回答了隆平的话。

"是谁干的？"

这次没有人回应。

这自然是我们之中的某人所为。当时大家都四散于地下建筑之中，正是杀人的良机。凶手不知从何处找了根绳索，趁裕哉寻找六角扳手的时候，悄悄靠到他的背后勒杀了他。

话虽如此，杀人一事本身虽令人忌讳，但也绝非罕见。关系亲密的人因纠纷发展到杀人的地步，即便身边不曾出现，在新闻上也算屡见不鲜了。

可在现在这个时候,在这种状况下发生凶案,绝对是很不正常的。

从现在开始,我们必须决定由谁牺牲自己的性命留在地下。在这个当口,裕哉却似被针对般遇害了。

"凶手是谁?他是和裕哉学长有仇吗?"

沙耶加喃喃地说。

就在这时,麻衣说出了我一直在想的事:

"要是出于恨意,此刻这么做岂不是很奇怪?话说我们总要留一个人在这里吧,各位打算怎么决定呢?"

这是一个过于可怕的疑问。

倘若裕哉没有被杀,我们十个举行了抽选牺牲者的会议,会得出怎样的结论呢?

是所有人都接受十分之一的死亡概率,赌上性命去抽签吗?

可能是这样,也可能不是。倘若不是的话,打个比方,我们可能会进行无记名投票。

你认为谁最该留在地下——每个人都把名字写在纸上,然后由得票最多的人承担这个任务。如果我们做出这样的决定,那么到底谁会被选中呢?

选中裕哉也毫不奇怪吧,正是因为他的错,我们才被困在了这里——这样的念头理应深藏于心。

又或者，根本不会发生无记名投票之类的麻烦事，而是大家一起诘问裕哉，声称都是因为他的错才沦落到如此境地，恫吓他主动进入洞窟一样的小房间，将岩石拽落。倘若他不遵从，也许还会对他施以暴力，直至他不堪痛苦，放弃自己的性命为止。

堂兄，大学时代的友人，昨天刚相识的矢崎一家，以及我自己——实在无法想象我们这些人犯下杀人重罪的样子。可要是除此之外无法得救呢？大水正在迫近，如果一个人都不选，所有人都会命丧地下。

对于麻衣的疑问，翔太郎总结道："也就是说，如果行凶的理由是对裕哉怀恨在心的话，那么这根本是得不偿失的犯罪。毕竟只要放任不管，裕哉君也极有可能落得个比被勒死还要悲惨的下场。还有，姑且不论有无仇恨，简单地讲，要是我们选择抽签的话，杀了他便等同于减少了分母，提高了自己被抽中的概率。"

"翔哥，凶手真的清楚我们如今陷入何等窘境了吗？我们在寻找扳手的时候，还以为只是被滚落的岩石困在了地下，对于紧急出口方向发生了塌方，以及地下水源源不断地涌进来的情况并不了解吧？"

"这很难说，或许不知道会比较自然。但就时机来看，凶手也可能抢在所有人前面发觉这座地下建筑陷入了危急状况，才实施了这项犯罪。两者皆有可能。"

凶手比我更早确认了显示器上的影像，或是比隆平更早发现了地下三层水位升高，这些都是有可能的。

"先不论是哪一边，在这种状况下杀人，凶手究竟想从何处获取利益仍是不解之谜。不过凶手是在冷静的状态下实施杀人的，这点应该错不了。"

成为命案现场的房间并非存放绳索的地方，因此凶手是从其他房间取来绳索行凶的，实在不像是一时头脑发热把人杀了。

"没错，凶手出奇地冷静，这点毋庸置疑，在这般朝不保夕的状况下实施杀人，却能以一张毫无破绽的无罪之人的面孔站在这个地方。"

确实如此。

虽说每个人都是身处非常事态之下的表情，却没有谁因担心罪行暴露而面露怯色。

隆平急急地说了一句："话说这和为什么要杀人没多大关系吧？都这个时候了。"

"嗯，动机确实无所谓，搞不懂也没什么可困扰的，我们必须马上查明是谁杀死了裕哉。在这里被水淹没之前，无论如何都要查明凶手，隆平君想说的就是这个吧？"

与其说是隆平，倒不如说除凶手以外的人都认为这是理所应当的结论。

要是不牺牲某人，就无法逃离这艘"方舟"。谁将成为活祭品？

那自然是犯下杀人重罪的人物。

5

按翔太郎的说法，距离时限还有不到一周的时间。

根据刚才用角尺测出的数据粗略计算一下，届时地下二层的水位将会涨到离地一米高的位置，再这样下去，卷扬机就会变得不易操作。此外，发电机的燃料理应也将在那时耗尽，身处于漆黑一片的地下建筑之中，恐怕就很难保持冷静了。

在此之前，我们必须找出隐藏在我们九人之中的凶手，把凶手留在那个小房间里，充当转动卷扬机的角色。

"就算知道凶手是谁，他也不会乖乖听话吧。"

花不知对谁嘟囔着。

哪怕查明凶手，那人也绝对难以坦然接受自己被选为祭品的命运。事情就是这样。

"那就只能等弄清是谁下手之后再好好商量了，是吧？要是凶手自愿转动卷扬机，大家可以一起对他的遗属进行补偿——"

沙耶加似乎无法忍受自身言语中包含的残酷和虚伪，语尾变得含混不清。

而另一边，隆平似乎想立刻明确大家有没有开口的勇气：

"反正对于凶手而言，被逮捕就意味着人生的结束。为什么不拯救所有人呢？要是不管怎么说都不听劝的话，又该怎么办？所有人就该死在这里吗？不然的话就强迫他做？"

是啊，刚才我也考虑过强迫裕哉留在地下的可能性，如今的状况并没有多少区别，不同之处唯有对方是不是杀人犯这点。

我不认为我们能强迫裕哉转动卷扬机，但倘若对方是杀人犯呢？届时我们就能压抑内疚感，对凶手实施拷问吗？也不知是幸运还是不幸，在这处地下建筑中，可用的道具倒是一应俱全。

"为什么现在说这种话？就像是暗中挑唆内讧似的。"

麻衣责备起了丈夫。

"嗯……凶手现在肯定也在这边听着我们的谈话，还是别强迫比较好。"

花也帮起了腔。

这话听上去像是想要稳妥地进行交涉，但也承认了事态紧急时对凶手施加暴力的可能性。正因为如此，现在才不该讨论这个。

我也同意她俩的话。明明还不知道凶手是谁，光说这些把人逼上绝路的话也于事无补——这么一想，倘若真到了紧要关头，我也会对凶手使用暴力吗？

翔太郎以一副班主任的表情听着众人的讨论，最后总结道："关于罪行暴露之际凶手究竟会怎么做，现在想这个也没用。这取决于凶手是谁。而现在可以明确的事实是，如果不查明凶手，我们就没法决定把谁留在地下。想必各位都是一样的想法吧。"

大家都老老实实地点了点头。事已至此，不找出凶手是绝对不行的。

而最令人畏惧的，就是在凶手不明的情况下迎来了时限。要是始终不知道我们九个人之中谁是凶手，故而不得不选择一人留在地下呢？

我们会不会一边想着那个人有可能不是杀人犯，一边将拽落巨岩的任务强加给他呢？要是我们逃出生天回到地面，却发现真凶就在幸存者之中呢？

倘若令无辜者惨死地下，到时候杀人凶手就是我们了。当然了，我也可能成为被迫惨死的那个。

又或者，在凶手不明之际，我们或许会无法选择由谁充当牺牲者。我们究竟有没有勇气去强迫一个可能并非凶手的人去担任这个角色呢？那样的话，我们九个人甚至会全部葬身地下。

"那先请各位把两只手掌都展示给我看吧。既然握过绳索，说不定就会留下痕迹——如何？"

翔太郎说着，首先把矛头对准了矢崎一家。

迄今为止默默无言的一家三口似乎在观望事态的发展，期待裕哉遇害的凶案能以与己无关的方式平安收场。

矢崎像是袒护妻儿般说："喂——被卷入了这样的事情，还得掺和在你们之中一起被怀疑吗？我们昨天才认识那个被杀的孩子，几乎没跟他说过话。"

"这话并没有错，但以现在的状况来看，无论是大学时代的朋友杀了裕哉，还是碰巧在同一个地方共住一夜的陌生人杀了他，在异常程度上并没有什么不同。当然了，如果矢崎先生与此事毫无瓜葛却被卷入其中，我们只能表示同情。但眼下作为嫌疑人而言，我们都是平等的。"

"你是说对我们一视同仁吗？"

"没错。不留遗憾地从地下逃脱的办法唯有一个，那就是用所有人都接受的逻辑指出凶手。如果交由警察以科学的手段调查，这桩案子或许可以轻松解决。凶手急于杀人，应该不会在意遗留物品。但我们必须在离开这里向警方报案之前锁定真凶。因此我们只能以绕弯子的老套模拟法找出凶手。"

如果想要报警，就必须靠自己的力量找出凶手。我们困在了这样的窘境之中。

矢崎目不转睛地打量着翔太郎的全身。

"那个，你是要做模仿推理小说的事情吗？"

"不一定由我来做。只要不是凶手，矢崎先生一家也可以做。必须得出一个让所有人都信服的结论。所以请把手掌展示给我看吧。虽然没什么意义，但总比完全不看要强一些。"

于是矢崎一家勉为其难地将手掌心转向了我们。

三个人的手掌都沾满了污垢，自然是一直在寻找六角扳手的缘故。上面并没有抓握绳子的痕迹。

随后我们也互相展示了手掌。每个人的手上都覆满尘土，唯有花例外，她因为头疼而没参与寻找扳手，手是干净的。

总而言之，没发现可疑之人，凶手或许是戴着手套杀人，就算徒手握绳，由于时间已过去很久，痕迹有可能已经消失了。

"不在场证明也得问问吧，能证明自己不是凶手的人——"

"我们一直在一起，三个人一起在找扳手。"

矢崎急不可耐地插话道，隆平则一脸阴沉地说："不行不行，家人之间的不在场是不可能成立的吧？话说回来，我可瞧见你单独行动了，你不是一个人走过地下二层的走廊吗？为什么要撒谎？"

矢崎噤声，猜忌的视线集中在了一家三口身上，三人全都缩成一团。不多时，妻子弘子压抑着情绪，用平静的声音回应道："在寻找的途中只分开过一次，时间只有五分钟左右。"

"不对，我现在不是就在讲那五分钟的问题吗？干这种事情，五分钟绰绰有余吧。"隆平指着尸体说道，"我不是说凶手是你们，我什么都不知道。总而言之，千万别再说这种慢吞吞的话浪费时间了。"

无论怎么挣扎都无法置身事外做个旁观者——矢崎一家似

乎很难接受这样的现实。

所有人的不在场证明都已确认，但也没人能够证明自己不是凶手。我在途中和翔太郎分开了，因此也有杀人的机会。唯有花独自一人在餐厅休息。当然了，她的病情究竟有没有严重到无法杀人也不得而知。

"不，不用在意。反正我也是嫌疑人，虽然让人心力交瘁，但说这种话也没什么意义。"

花抢先说道。

"好吧，大家都是嫌疑人，没人被排除在外，倒也不错。"

翔太郎说没被排除在外是桩好事，这并非玩笑话。虽说不知道凶手是谁令人心中发怵，但人际关系一旦出现裂隙，无法冷静对话同样非常危险。

要是先判明某人无罪，然后一直找不到凶手是谁，那么无罪的人和余下的嫌疑人之间会爆发什么样的纠纷就很难说了。倘若如此，所有人都处于相同的立场或许还会好些。

"凶手究竟是什么想法呢？难不成是在等着时间流逝，逼我们不得不选出某个人吗？然后保证自己不中签，把自己以外的某个人留在这里才算完吗？这就像是不仅要杀裕哉君，还要连带杀死那个替死鬼一样。"

隆平又抱怨起来，而这回沙耶加帮腔道："这里面真的有那么可怕的人吗？虽然不清楚他为什么要杀害裕哉学长，但把理由全部说出来岂不是更好吗？这样的话，或许我们也能帮他做点什么——"

沙耶加也豁出去了。

我自然不会体贴凶手。照这种说法，凶手也可以主动站出来，轻而易举地解决案件，让其他人自地下逃脱——内心始终无法割舍这样的希望。

我也情不自禁地盼望着有人能举手说自己是凶手。

我们九人沉默不语，只是不住地面面相觑，仿佛在期盼凶手会突然变脸似的。

6

聚集在地下一层走廊上的我们移动到了下一层。

由于大家都认定没法立即查明凶手，必须做好时限来临前在这个地下建筑中生活一周的心理准备。如此一来，除了找出凶手，我们还有别的事情要做。

翔太郎制订了规划。

"矢崎先生，我想拜托你帮忙整理一下电线，千万不能漏电，不然会很麻烦的。"

地下二层的墙壁上分布着大量电线，设置在低处的东西三四天内就会被水淹没。

最主要的是插座，必须预先切断电线。这项工作由电气工程师矢崎领头。

"我需要一把大号的钳子，还有一些可以暂时用于绝缘的胶带。"

应矢崎的请求，我和翔太郎取来了他需要的东西。

之前在寻找扳手的时候，我们在工具室旁边的205号房找到了塑料胶带，应该可以用那个做绝缘吧。我们拿出了黑色的宽胶带，然后在工具室里挑了一把大号钳子。

不过当我们回到矢崎那里时，发现他已经获得了必要的东西。

他手上有一个漆成深蓝色的工具箱，夹钳和剥线钳等电工工具一应俱全，绝缘胶带自然也在里边。

"这是我刚才找到的——"

沙耶加说道。按她的说法，她去了走廊东侧，把215号房的工具箱拿过来了。

工具箱里的工具似乎用起来很合适，所以我们找到的工具就没了用武之地。

矢崎去了机械室，查看了配电盘，将地下二层所用的分断路器全部拉闸，之后便开始了操作。插座的电线大多裸露在外，所以施工极其简单。矢崎用钳子剪断电线，在末端缠上绝缘胶带。矢崎母子、我、翔太郎还有沙耶加纷纷打开了手机的灯光，看着他完成这项作业。

插座有二十多个，绝缘处理完毕后，矢崎又去给断路器合闸。

事情做完之后，矢崎一家三口又规规矩矩地把工具箱放回215号房。

我们要做的另一件事便是将我们所需的东西从地下二层搬出来。在我们给电线做绝缘的时候，花、麻衣、隆平三人已经着手做了。

最主要的东西是罐头食品和饮水，还有足够所有人使用的长靴等。要是水继续涨高，出入地下二层就会变得困难，还是趁早搬走为好。

我在仓库里找到了钓鱼用的涉水裤。虽然只有一条，但只要有了它，即便水高过腰，仍可以出入地下二层而绝无濡湿之忧。

就在众人将绝大多数东西搬空，正在地下二层物色其他必需品的时候，204号房的储藏室里传出了沙耶加的一声大叫：

"啊！原来还有这样的东西啊！"

正在走廊上的我和翔太郎偷偷瞄了眼房间，想知道她究竟发现了什么。

那是潜水用的气瓶。这处地下建筑极其宽阔，因此到目前为止，我和翔太郎碰巧都没有发现。

这里有两个十升的气瓶。我们又在边上照了照，发现气瓶旁边的塑料盒里还有两套用来呼吸空气的呼吸调节器，以及水下用的面罩。不过并没有找到背气瓶用的背架和潜水所需的配重块。

两个气瓶都装有气压计，似乎都还残留着三分之一的空气。

"这个能用吗？"

沙耶加稍显兴奋，似乎是在水患日益迫近的今天，充有空气的气瓶能给人一种安心之感。

"好像没坏呢，可是——"

静下心来仔细想想，在目前的状况下，这样的潜水器材几乎没有任何作用。

由于没有背架，不能背上气瓶潜入水中，即便真有，需要潜水的地方也只有地下三层，哪怕真潜进去，紧急出口上方也发生了塌方，不可能从那里逃脱。

所以这个气瓶只能在溺水之际延命数十分钟而已。

"可深山的地底下为什么会藏有这种潜水器材呢？"

"这话说得可真迟钝啊，柊一。地下三层都被水淹了，想从那里取东西就必须用这个吧。"

"啊——哦，对哦，倒也是。"

被翔太郎这么一说，我骤然醒觉。这么说来，备用品里的工具有些长了严重的锈斑，或许就是从被水淹没的地下三层打捞上来的吧。

"我也不知道为什么没有背气瓶的器具。或许是搬离这里的时候用来背东西了吧。"

背架上没装气瓶，而是装了别的东西用来替代背包了吗？这倒没什么可奇怪的。

我们把潜水器材留在了储藏室里。

来到地下一层，也不知是谁灵机一动，把刑具从209号房搬出来，藏在走廊的拐角处。

毫无疑问，这可能是必要的东西。

搬完必需品后，我们齐聚于地下一层的餐厅。

搬来的食物全都堆在长桌的一角，虽说可以随便拿来吃，可没一样能勾起食欲。

"先让我们看看裕哉的遗物吧。"

翔太郎这么一讲，众人纷纷点头表示同意。

这次的凶案是在地震这一不测事态下发生的。从这点来看，很难想象是预谋已久的。因此从裕哉的随身物品中寻找到线索的可能性非常低，即便如此，也没有其他该做的事，而且说不定还能找出什么有用的东西。

由于并未打算外宿，裕哉所用的金黄色的小背包尺寸不大。

我们将包从他住下的 109 号房拿了出来，将里边的东西摊在了餐厅的地面上。

从大一时使用至今的二折钱包，贴着乐团贴纸的充电宝，乱成一团的数据线，花了二十万日元新买的单反相机，再就是替换用的内衣，以及叠成三角形的购物袋，此外还有昨天在便利店买来的一包未开封的薯片。

当这样的物品一个接一个地从背包里拿出来时，我不由得心头一紧。

即便是看到裕哉的死状，我也未如此动摇，背包里的东西散发着裕哉的人生的遗香，比起他的身体更为浓烈。通过他的随身物品即可窥见，他以为自己的人生还能持续数十年，并对此深信不疑。

我逐渐感到喘不上气，与其说这是在悼念裕哉的离世，倒不如说是更为单纯的恐惧。

此后，我或许会步他的后尘，直到昨天，我也从未想过会被困在这样的地下，在这点上，我和裕哉区别不大。

熟悉裕哉的人似乎仍无法直视他的遗物，唯有矢崎一家无动于衷，只是拘谨地注视着被公开展示的行李。

翔太郎拍了拍背包的袋子，确认里边没留下任何东西后，对我们说道："虽然知道了都有哪些东西，但也没什么特别的收获——这东西我们就收下吧，裕哉应该不会生气的。"

他将薯片放进成堆的罐头上,然后将摊开的东西重新装进背包。

"这东西就交由我保管,可以吗?"

没有人提出异议。

1

检查完背包后,我们暂时决定自由活动。

这种时候为何还能如此从容不迫呢?但除了自由活动,我们想不出其他可做的事情。

即便一直聚集在食堂里大眼瞪小眼,也无非是时限一点点迫近,情况不会有半分好转。倘若如此,我们还不如权当自己住在旅馆里,平常度日就好。或许松懈下来的凶手会在某个地方露出破绽。

翔太郎的主张并没有人站出来反对,虽不清楚这样做能否找到凶手,但似这般一刻不停地打量着对方的脸色,已然令众人感到了厌倦。

"至少在还能保持冷静的时候,请各位尽量保持冷静吧。"

如此宣言之后,矢崎一家便说了声"再见",三口人立刻起身回到自己所用的103号房间去了。

我们目送着矢崎一家离开餐厅,就像是看着只会无理训斥的老师离开教室一样。

尴尬感油然而生,我既想和人讨论,内心又不愿提及。在开口之前,翔太郎拍了拍我的肩膀,在他的催促下,我和他紧随矢崎之后离开了餐厅。

"要做什么?"

"我想再去现场勘查一下,一个人去也没意思,你也一起来吧。"

我们沿着走廊去往地下一层最边上的120号仓库。

这番光景我并不愿再看第二遍,却仍不愿舍弃期待,希望能轻易找到遗漏的证据。

我们推开了仓库的门,这里的门相比其他地方的要略窄一些。

现场的一切都和发现时一模一样,裕哉曾一度仰面朝天,由于不忍心看他的脸,所以我们还是让他保持了原先的俯卧状态。谁都没有整理死者的遗容,也没有将其收拾到别处的想法。

"你说裕哉君打算在这里干什么呢?这里不像是有扳手的地方啊。"

这是一间放置PVC管道的仓库,怎么看都不像有工具的样子。

"嗯……我想裕哉可能非常焦虑吧,会变成这样的状况,全都是自己的缘故,那家伙想必也非常在意这点,而且他也说过要是找到什么合适的工具，那就不必有人留在地下。可这样的工具怎么都寻不见，他渐渐意识到再这样下去就大事不妙了，所以独自一人陷入了慌乱。他假装寻找扳手，事实上在躲着我们。这样一来，对凶手而言也是求之不得的吧？想杀的人离群索居，变成了孤身一人的状态。"

"天晓得。当然了，有可能是凶手想要杀裕哉君的时候巧遇他单独行动，正好方便下手。不过也有可能裕哉君恰好是最容易杀死的那个。"

听了这话，我吓了一跳，最容易杀的那个恰好是裕哉吗？

"那就是说——凶手有可能杀谁都无所谓？"

若是这样的话，被杀的那个也有可能是我了。

"对，或许是这样。不过虽说容易下手，但也只有趁所有人四处寻找扳手的时候才能动手，所以不能排除会有人来到这间位置最偏的仓库。凶手是冒着被发现的风险，不得不在那个时候下手杀人的。正因为如此，这桩凶案的动机变得颇有意思。但思考这个究竟有多大意义呢？这可真是恼人啊。"

"有什么恼人的？"

"即便知道了动机，那也只不过是提高了解释的可信度而已。归根结底，所谓的动机无非是令假设合乎情理而已。或许能让我们信服，但除此之外没有丝毫用处。无论能否想出类似的说法，也没法以'唯独你具备这种动机'为由指责某人。在现在的状况下,必需之物便是证明谁是凶手的明确逻辑。关于动机是什么,还是查明凶手后直接询问本人来得准确。柊一,你也得小心一些哟,千万别乱讲话。一个错误的推测有可能害死我们所有人。"

"好吧——哦,不,我懂了。"

这点完全可以想象得到,要是在证据全无的情况下指控某人是凶手,事态有可能会一发不可收拾。要是意见相左,甚至有可能会演变为自相残杀的状况。

眼下我并不这么认为。这可能只是因为对迫近而来的大水的恐惧尚无实感而已。距离时限尚有一周,我还无法舍弃车到山前必有路的乐观情绪。

"要是早点查明凶手就好了。"

"是啊,越早越好。可是该怎么办呢?"

现场唯有一具脖子被绳索紧缠的尸体,无论在地板上怎么摸索,凶手的纽扣、头发,甚至死亡留言之类的线索都没留下一丝一毫。

"从绳子打结的方法,能不能看出惯用手是哪边呢?"

"或许能看出来吧,可这里的九个人全都是右撇子。"

"那么从脖子上留下的痕迹,能推断出凶手的身高吗?"

"如果是警察,大概可以办到。"

"你觉得女性也能用这种办法杀人吗?"

"毕竟是出其不意地从背后勒紧脖子。裕哉君的体格并不算十分健壮，何况他有可能如你说的那样深感责任重大而心力交瘁，如此一来应该能杀得了吧？虽然没有十分的把握。"

还有比这更徒劳无功的现场勘查吗？

当然了，翔太郎和我都不是专家，两眼一抹黑也很正常。但这样一来，想遵循逻辑指明凶手就变得极其困难。

凶手不知从何处得到绳索，悄悄摸到裕哉身后，勒住了他的脖子。为使受害者不能苏醒，他将绳索绑在了受害者脖子上，若无其事地离开了现场，凶手的行动大致如此，但问题就在这一连串的行动中，完全没有任何可以称为谜题的地方。

除去杀人本身，凶手没做任何古怪的事情，现场并非密室，受害者的衣服也未出于某种原因被带走，所有的家具和陈设品亦不见颠倒放置的迹象。如果凶手做了通常不会做的事情并留下了痕迹，便可成为线索，但要是没有谜题，解谜也就无从谈起了。

归根结底，凶手为何会在如此紧迫的状况下杀人——这一茫然的谜题始终横亘在我们面前，即便将之解开，也不知晓究竟有无意义。

"没办法了。反正还有一周的时间，在这期间情况可能会有所变化吧。"

"情况有所变化"，这话是什么意思呢？翔太郎的语气和昨天晚上一般无二，也不知是希望，还是昭示着更大的凶祸。

毫无作为的现场勘查就此终结，我们朝着地板上默默无言的裕哉轻声打了个招呼，就这样离开了仓库。

8

时间到了下午五点。

地上理应是日薄西山之时，地下建筑的景观并无任何变化，不过一旦到了这个时间，自通风口轻轻灌入的室外空气就带上了些许寒意。

我怔怔地坐在餐厅里，这里还有另外两人，长桌的斜对面坐着花，稍远处坐着沙耶加。

两人将胳膊肘戳在破败不堪的胶合板桌面上，一个劲地戳着手机，花似乎在玩小游戏，而沙耶加正在回看以前的照片。

"翔先生去哪儿了？"

花忽然问了一声。

"他说要再测一次水位上升了多少，再精确地计算一下水涨上来需要多久。"

"哦。"

花给了个漠不关心的回应。

隆平和麻衣正在 117 号房里谈着什么，矢崎一家也在自己的房间里闭门不出。

两人每戳一下手机，就会传来指甲磕到玻璃屏幕的咔嚓声。若在平时，她俩不至于发出这般令人焦虑的响动。

"这样真的对吗？我感觉肯定有什么地方搞错了。"

花盯着屏幕喃喃自语。

一眼看去，餐厅里满是悠闲的气息，有种跟团游的最后一天坐在酒店大堂时的倦怠感。

我们并未忘却事态如何紧急，可是流入的水和杀人凶案，这两者似乎正相互发生着中和反应。由于不解决杀人案就无法外出，一想到必须一味等待，除了逃避现实，我们也没其他的事情可做。

我能理解花的感受，找出凶手真的是此时此刻应该做的事吗？难道不是应该尽快逃离地下吗？

当然了，我们深知除去牺牲掉某人的性命，再无其他办法逃离地下。既然如此，对杀人凶案自然没法置之不理。

可凶案丝毫没有解决的迹象。无论是花还是沙耶加，一定都在内心疾呼——我不想待在这种地方，我想早点回家。

现在并非做这种事的时候，众人都感到了这样的不安。

可是，比起解决凶案应该优先逃离——提出如此主张需要莫大的勇气。因为这极有可能也是凶手的主张。

在众人齐聚的场所，花似乎将其真实想法深埋心底，如今这里只剩下我和沙耶加，她似乎有些想要吐露心声的迹象。

"花,你想到了什么吗?"

"一点都没。可正因为没什么可做的,才说明情况很糟糕吧。"

她把百无聊赖地戳到现在的手机放在了桌面上。

然后她竖起耳朵听了听走廊上有无脚步声,随即悄声对我们说:"话说那家人有点古怪,是不是啊?"

"矢崎先生他们?"

"对。"

"怎么说?"

我反问了一声,花神态可疑地看了过来,像是在期待共鸣一般。

"说什么在采蘑菇的时候迷路了,真有这回事吗?这里可是深山啊,就算迷路了也不至于特地跑到这种地方,通常都是往山脚下走才对吧?"

"嗯,话是这么说,但也不是绝对不可能吧?比方说参照地图什么的,以为走到这里就能找到步道之类的。"

"那他是想和自己的高中生儿子一起采蘑菇吗?"

"也没什么不行吧,但换作青春期的我,肯定是不情愿的。不,就连现在也不喜欢。这就说明他们一家的关系还挺好的吧。"

花焦虑起来,一副难以接受的样子。

"喂,还没看出来吗?那家人的确让人感到怪怪的。为何偏偏会在这种地方遇到这样的人呢?"

"哦，对对！就是这样的感觉。昨天晚上见面的时候显然把他们吓了一跳。可进了这种明显不太正常的建筑，三个人的反应却平淡得很，倒是遇见我们的时候显得更吃惊，对不对啊？"

花把问题甩了回去，沙耶加回答道："哦，确实呢。不过见到我们的时候吓一大跳也是正常的吧，毕竟是夜里在森林偶遇到的。"

诚然，仔细想来，昨晚跟着花他们走进地下建筑的一家人是有少许异样之感。更何况抵达此处之前要经过许多危险的地方，因此就算真的迷失方向，也不至于特地选择这样的路。而且我不觉得这家人踏入这样一个完全陌生的地方应该如此冷静。

"难不成花认为他们三个并不是偶然闯进这里，而是怀抱着某种目的来到这处地下建筑的？"

"你说呢，柊一？"

我觉得或许真有这样的可能。

但问题是即便这个想法没有错，跟杀人案本身似乎也没什么关系。

"不过就算他们是有意来此，今天早上发生的地震，还有因为地震被困在这里，也完全是偶然吧？从这层意义上说，矢崎先生一家是被偶然卷进来的也没什么问题。"

矢崎一家来到这里的理由，果真和裕哉遇害有什么关联吗？

"我也不知道，所以只能说他们很可疑。"

花一定是想相信凶手就在矢崎一家里。相比把裕哉之死认作社团里的某个多年好友所为，这样想内心会安稳得多。

但仔细想来，如果凶手真的在矢崎一家之中，那么事情有可能会变得愈加复杂。

矢崎一家的家庭关系究竟如何尚不明确，可如果凶手就在家人之中，恐怕会互相包庇吧。因为一旦被认定为凶手，就不是被法律制裁那么简单，而是被迫以过于可怖的方式迎接死亡的降临。

又或者，他们一家三口全是共犯也未可知。不管怎么说，真到了那个时候，就会变作我们和那个三口之家陷入对立的情况。

如此一来就近乎开战了。按翔太郎的说法，必须无可置疑地指出凶手，这样的逻辑恐怕也将荡然无存。在这处大水迫近的地下建筑里，搞不好将展开游击战。

"要是矢崎一家的某个人杀了裕哉，花，你觉得会是什么样的理由呢？"

"啊？怎么说呢？"她思索了片刻，"要是我们这边的人被杀，就会让人觉得凶手是在我们中间。这样一家人就不必留在地下了吧？这样的理由如何？"

花若无其事地道出了可怕的言语。

真会做出这种事吗？就因为我们这边的人被杀了，那么凶手就该在我们这边。他们真想用如此单纯的道理来走出眼前的窘境吗?

这并不合乎道理,而且矢崎一家已然被列为嫌疑人。不过矢崎也确实以此为由,声称与自家无关。

"话说矢崎先生他们一直待在房间里吗?"

"嗯?应该是吧,从那以后,三个人一直待在房间里。起码我没见过他们。"

就在这时,一直在旁边玩手机的沙耶加也合上了深蓝色的手机壳。

"就在不久前,矢崎先生他们是不是从餐厅出来了?我好像听到他们在讲话。"

"什么,完全不知道哎,真的吗?"

我也一点都没发觉,他们来过餐厅了吗?

据说当时她俩在115号房,所以并没有看到那一家人。

"花学姐当时戴着耳机吧。我也只是隐隐约约听到了。不过那一家人果然还是在躲着我们吧。"沙耶加心血来潮似的说道,"那个……姑且不论矢崎先生他们是不是凶手,这种状况岂不是不大妙?难不成他们打算就这样尽可能把自己关在房间里,直到时限来临?在这段时间里,等我们把事情解决再搭便车是吧?这是不是有点——"

是不是太过依赖别人了?是不是有点厚脸皮了?

虽然没有明说，但沙耶加似乎就是这么想的。

"说不定还得拜托他们帮忙寻找凶手。而且要是完全不知道对方的底细，岂不是太可怕了？"

有关矢崎一家的事情，除姓名以外，只知道他们是当地人，还有职业和年纪之类。对方想必也不大了解我们吧。

"我们还是定时间碰个头比较好吧？不然气氛只会越来越糟——"

走廊上传来了脚步声，沙耶加慌忙闭上了嘴。

开门走进餐厅的人正是矢崎幸太郎。

"那个——我是来拿晚饭的，这就告辞，没打扰到各位吧。"

来的人只有他一个。妻儿似乎依旧留在房间里。与客气的措辞相悖，他以满是疑窦的眼神朝我们看了一圈，然后靠近了桌子边上堆积如山的罐头，不加斟酌便草草选定了三个人的食物，扔进了似乎是从超市拿来的尼龙环保袋里。

就在他急匆匆地打算回房的时候，沙耶加即刻叫住了他：

"矢崎先生，要是不嫌弃的话，一起来吃个晚饭吧。你们一家都来。现在形势很严峻，我们还是多多沟通为好，你意下如何？"

"啊——不了。"

矢崎面露难色。

"现在我的妻儿都很怕，回头再说吧。"

没等回复，矢崎就匆匆离开了餐厅。

妻儿感到害怕是合乎情理的理由。比起严重的事态，沙耶加的邀请显得有些苍白无力，但我也想不出比这更好的话了。

不知为何，矢崎的态度比起上午处理电线时还要冷淡。看到这一幕，我们的心情越发沉重，索性不再说话，静悄悄地吃着被当作晚饭的罐头。

9

时间到了晚上十点。

花和沙耶加一直在餐厅闲聊，而其他人都回了各自的房间。

在地下建筑里，唯有发电机的声音在刺耳地回响着。胆大的人或许已然入眠。要是睡不着，就只能勉力压抑着滚滚而来的不安，一动不动地抱着膝盖。

我缓缓地走在地下一层的走廊上，有件事情始终都放心不下。

自从确认完裕哉的背包后，我几乎没有看到隆平和麻衣的身影。

两人一直在房间里面闭门不出，我隐约感觉他们在商量什么。由于时间实在太长，似乎能嗅到些许争执的气息。

我甚至没看到他们来拿罐头，搞不好还没吃饭，就这样一直争执到现在也未可知。

两人的寝室是 117 号房。我一边留意不让运动鞋发出声音，一边走到门口，将耳朵贴了上去。

到了这个位置，麻衣和隆平的声音都显得异常清晰：

"所以隆平你为什么要说这种话？我实在不明白你的用意。明明一点好处都没有。"

"啥？你就为这个生气吗？我就不能生气吗？可笑的到底是谁？"

"不，并不是可不可笑的问题。而且这根本就不是重点。你连这个都不明白，实在太过分了。"

我不知道他们在谈论什么。不过听起来像是寻常可见的夫妻吵架，与眼下的非常时期显得格格不入。

他们结婚也才两年多。跟我们在一起的时候，旧社团的氛围就会复苏，因此在我眼中，这两个人从未有过半分夫妻相。

虽说发生了争执，但这无疑也是他们已结为夫妇的证据，我出乎意料地心生动摇。原本在如此紧迫的状况下，我并不打算为麻衣的事情扰乱心神。

对话暂时中断，传来一阵啪嗒啪嗒的声响。

突然间，门打开了，正竖起耳朵偷听的我慌忙后退了几步。

"啊，柊一君。"

开门的是麻衣。她将自己的抽绳包挂在肩上，一脸困惑地看了过来。

由于离门实在太近，也没法辩解自己只是偶然路过。正在犹豫该怎么打招呼时，隆平立刻从后边追了出来。

"啊？柊一——你为什么要偷听？"

他将对麻衣的焦躁转移到了我身上。

如此一来，反倒让我的心定了下来，我平静地回应道："也不能算偷听吧。正常情况下，我根本不会多管闲事。但要是有人在这种状况下争吵，我也绝对会在意的。反倒是不得不听，因为天晓得会发生什么。"

"嗯，那倒也是，不好意思。"

得到麻衣的袒护，我也获取了力量，相比隆平，我更害怕她对我说"和你无关，少管闲事"之类的话，谴责我暗中偷听。

"发生什么事了吗？方便问一下吗？"

"嗯，其实——"

麻衣开始了讲述，看她的态度，倒像是很想说给别人听听似的。

事情的起因据说是裕哉遗物里的薯片，就是和罐头等食物一起放在餐厅里的那包。

而事情大约发生在我和翔太郎重新勘查现场期间。花和沙耶加还没来，餐厅里空无一人，矢崎家的儿子隼斗趁机拿走了薯片。

而麻衣和隆平两人恰巧出现在那里，隆平冲着隼斗怒吼起来。

"隆平说你以为这是谁的东西？这也不属于谁吧？他突然抓住了隼斗的肩膀开始大发雷霆。"

"我讨厌这样，这很可笑吗？不是说好了大家一起分享的吗？正常情况下都是这样的吧？随便拿走简直是有毛病，绝对拎不清。"

对于丈夫的反驳，麻衣露出了腻烦的表情。

"所以说这根本不是重点。都到这种时候了，让他吃点薯片又怎么了？你就这么想吃薯片吗？"

"没有。"

"是吧？这孩子也太可怜了。反正大家都没有特别想吃，就让年纪最小的隼斗君拿走，有什么不好的？"

"最后到底怎么了？"

我催促她继续往下说。

"隼斗君被吓哭了，把薯片放回罐头那边，正要回房间的时候，他的父母闻声赶来查看情况，别提有多尴尬了。我解释了一下情况，然后矢崎一家低下头说了声对不起，就这样回去了。"

因为儿子遭到责骂，傍晚来拿罐头的矢崎才会明显提高了警惕。我总算明白了他为何会表露出如此态度。

"所以说那小孩只要说句话，就没人会责备他——就说我想吃这个，可以吗？这话对不对？"

话说回来，当仁不让地想要独占昨天才刚认识的人的遗物，多少有些脱离常识。

不过，听完这番话，我心中对矢崎家不断膨胀的怀疑反倒小了一些。那个看上去不到实龄的高一学生的所作所为，相比谋杀犯什么的倒更像普通人。在这种时候，有些人会什么都吃不进去，有些人则会留恋薯片之类的零食吧。

"我已经不知道说过多少遍了，隼斗君是有些不懂人情世故，但突然冲他大吼绝对是错的。你这边的行为给人的感觉要可笑几十倍。要是还没找到凶手就开始内讧了该怎么办？或许今后还要一起协作。"

"是啊——嗯，就是这样。"

我拣了个容易帮腔的时机往下说道："为了找出凶手，或许还要了解矢崎家的各种情况，故意破坏关系实在是太乱来了。话说回来，隆平之所以会做这种事，会不会是你本来就不太想找凶手？你是觉得反正也不可能谈妥是吧？"

"对。"

这似乎最接近麻衣想对隆平说的话的核心部分。

"你该不会觉得乱来一通总能解决问题吧？就算找不到凶

手，自己也绝对不能沦为牺牲品。你是不是打算趁现在威胁大家？要是这样做就彻底完了，真可怕。"

我和麻衣的眼神齐刷刷地谴责起了隆平。

我脱口而出的话立即引起了麻衣的共鸣，这似乎深深刺激到了隆平，原本从门口探出半个身子的他脸色骤变，往室内退了一步。

"那你是什么打算？"

"啥？我要换个地方睡觉，你刚才不是要我滚吗？这样刚好。"

"去哪里？去和柊一睡一起吗？"

"啊？你说什么？"

麻衣的语气头一次变得粗暴起来。

"你们到底算怎么回事？偷偷摸摸地联系什么的，可真叫人恶心。"

"瞧，这种话怎能随口乱讲？现在不管别人怎么看都不是吵架的时候。我走了，明天见。"

麻衣猛地推上了门，隆平抢在她前面拽起了门把手。

"你们经常吵架吗？"

"嗯，不过还是无话可说的时间更长。"

"为了隼斗的事？"

"不只这样，之前也发生了不少事情，都和你说过了吧？我是觉得没办法和他一起过了。"

我和麻衣两人在安静的走廊上呆呆地走着。

虽说被人看到吵架的现场，麻衣并未显示出惭愧的样子。事到如今，这种感觉想必也已麻痹了。

"隆平这人总有爱扯歪理的坏习惯，一旦遇到困难，最后除了胡搅蛮缠就是束手无策。他一直都是这个样子，遇到非常事态更是变本加厉。我还指望能多依靠他一点呢。"

"嗯——是这样。"

我敷衍地表示了同意，感觉再说下去事情就不妙了。

麻衣在地下一层转了一圈，最终选择了116号房。

"我就住在这里吧。"

这间房就位于隆平所在之处的斜对面。结果还是没法远离他。可地下一层的其他房间都被地震弄得一团糟，必须好好收拾一下才能使用。

"一个人没问题吗？"

"嗯，现在还是一个人比较好。遇到麻烦事我会喊的，大家应该马上就能听到吧。"

我帮忙从其他房间搬来了床垫。

"这样就可以了，其他事明天再说吧。"

"嗯——"

除了就这样入眠，还有事可做吗？或许正是出于这样的迷茫，麻衣在门口驻足了片刻，朝我看了过来。她一定也感受到了被禁闭在地下的人所抱持的焦虑。

我俩凝视着对方，恐惧和各种情感交错纠葛，渐次化作了被地下建筑压缩碾碎的错觉。不过没过多久，麻衣开口说道："那你也早点睡吧。"

然后，她轻轻地掩上了房门。

和麻衣两人独处究竟时隔多久了？麻衣结婚后，我俩虽时有联系，但从来没有相约单独见面。

在社团的时候，我俩会等待同一班电车，一起去家庭餐厅，这些都是常有的事。某次为了挑选登山用品，我俩还一同逛街购物。有一段时间，我甚至有种两人正在交往的错觉。

和那个时期相比，刚才的对话只是转瞬之间的事，但我从未如此清晰地和麻衣共享相同的感情。虽然这是针对她丈夫的，似乎不太合乎道德。

我一边走向我和翔太郎的卧房，一边用炽热的脑袋继续思索。

在这般近乎极限的状态下，我几乎只能思考麻衣的事。

这并非为了逃避现实，恰恰相反，我越是思考，越是畏惧死亡。

10

被禁闭起来的第一个夜晚,平安无事地过去了。

我一夜无眠,一直听音乐到凌晨。翔太郎倒是一副无忧无虑的样子,安眠了整整一夜。

起床之后,我们照例去卷扬机室确认水量,此时第二段台阶已被水淹没。

早上八点左右,我们去了餐厅,翔太郎连开了三罐罐头,我却毫无食欲,默默无言地坐在他的身旁。

不多时,花和沙耶加也过来了。

花一脸不快地打着哈欠问道:"昨天晚上,麻衣和隆平之间发生什么事了吗?"

我将矢崎家的隼斗和隆平之间发生纠纷的事说了出来,对面的两人,尤其是花,表现出一副信服的样子。

"那还是在事情闹僵之前,早点找个机会和矢崎他们谈谈比较好吧。"

"嗯,可以的话最好谈谈。不过麻衣和隆平那边,就算让他们好好相处似乎也没什么用。"

我不由得说了句事不关己的话。

"可让他们两个在这个地方和平共处总能行吧。毕竟都是成年人了。"

"嗯，我想也是——"

沙耶加似乎觉得维持良好的关系便能解决问题。这或许是有必要，但也只是头疼医头脚疼医脚，而且这并不是靠齐心协力便能解决的问题。

矢崎一家并未现身，或许已经早早解决完早饭了。我决意离开餐厅，在刚睡醒的当下，若和麻衣见面总觉得有些难堪，更别提和隆平打照面了。

我和翔太郎回到房间，我困倦不堪，翔太郎似乎也无事可做，哗啦哗啦地翻着带来的文库本。

"沙耶加似乎想召集所有人开一场和解大会。你意下如何？还是开一下比较好吧？"

"也好。在做出决断之前，能搞好关系终归是好的。"

翔太郎似乎兴趣寥寥。

有关隆平的事，我昨晚就告诉他了。和往常一样，他讲话的口吻就像一个普通的旁观者，可他想必也不会觉得我丝毫不在意麻衣。

和解大会来得似乎比预想中要早。

当天中午，地下建筑里的九个人在餐厅齐聚一堂，沙耶加再度和矢崎一家打了招呼，他们也同意前来参加。

矢崎一家理应也在害怕，要是继续拒绝要求，可能会被我们集体袭击——他们会有这样的想法也绝非怪事。

我坐在长桌的最前面，后面是翔太郎，接下来是麻衣、沙耶加、花，以及最里边的隆平。自从那件事发生以后，我就再也没有直视过隆平的眼睛。

矢崎一家就坐在我们对面，从前往后分别是隼斗、弘子和幸太郎。每个人的面前都放着墨西哥辣肉酱罐头、水果罐头和一杯水，姑且装作开午餐会的样子。

沙耶加开门见山地说："矢崎先生，昨天似乎让隼斗君受了委屈，真是对不起。被困在这种地方，没理由遭到这样的对待。"

"不不，没事。因为薯片和罐头放在一起，所以小孩可能觉得想拿就可以拿，根本没想过乱碰那位同学的遗物。真是对不起。"

事到如今还要花时间处理薯片事件，矢崎似乎有些难以理解。

虽说这事和整个事态的严重性完全无法相比，但从隼斗缩着肩膀瑟瑟发抖的模样来看，让他放下心来还是很有必要的。

"是的，学长也只是一时激动，并没有威胁的想法。"

沙耶加的本意是让隆平在这里给隼斗道个歉，就算让事情平稳翻篇了。

可隆平却把针对我和麻衣的恶意毫不遮掩地发泄出来,甚至连形式上的道歉都不想做。只见他半张着嘴瞪着半空,不了解内情的隼斗依旧只会感到害怕。

尽管如此,沙耶加的声音依旧非常温柔,隼斗渐渐把头抬了起来。

我们一边用餐,一边尴尬地聊着天。

这期间,我们了解到矢崎夫妇同龄,三十二岁结了婚,家里还养着一只柴犬。现在家里没人,他们有些担心邻居会不会帮忙照看。还知道了他们的儿子隼斗在县立高中上学,参加的社团是话剧社。

我很在意昨天花提出的疑问:矢崎一家三口,难不成真和这座地下建筑有什么关系?

不过在我开始试探之前,矢崎这边就先发制人了:

"各位,你们来这里真正的目的是什么呢?就是为了试试胆量吗?"

"啊?对,是的。哦,不,算不上试胆,就是听说有个好玩的地方。"

自己想问的问题反过来被人问了,沙耶加也显得吃惊不小。

"知道这个地方的,是那个去世的西村裕哉君吗?"

"是的。"

"只有他知道吗?"

"嗯,大家都不知道对吧?"

沙耶加问了所有人。当然,除裕哉之外,从来没有人想象过此地竟会有这样的地下建筑。

就在我这么想的时候,说出这句话的人——沙耶加似乎从记忆中挖出了什么。

"哦,不过——这么说来,半年前裕哉学长给我发过这里的照片,所以我应该是知道的。"

"啊?从没听你说起过哎。"

花插了句话。

我和其他人都是第一次听说。眼见怀疑的目光即将落在自己身上,沙耶加慌忙辩解道:"不不,完全没什么大不了的。之前裕哉学长给我发来消息询问近况,我也正常地回了几句。之后他表示前几天发现了一个古怪的地方,还给我发了这座地下建筑的入口和紧急出口的照片。因为看不太懂,所以我就回了句'看起来好厉害啊'就不聊了,之后完全忘了这码事。仔细想想,应该就是这里的照片,现在才意识到。"

听起来确实没什么大不了的。除去盖板附近,室内的照片拍得很暗,根本看不出什么。因为这些是和其他的风景照一起发过来的,所以也没太在意。因此来到这里之后,她还是没想起那些照片的事。

有过这般交流的就仅有沙耶加一人。裕哉只是特地选择了喜欢摄影的沙耶加,把地下建筑的照片传给她看吧?其中大概并没有什么深意。

矢崎究竟在意什么呢?

沙耶加询问道:"矢崎先生呢?莫非你和这里有什么渊源?"

"不是——怎么可能?都说我们是迷路了。"

他当即表示了否定。

需要进一步追问吗?矢崎看上去稍显动摇,不过谁都没有做好一不小心闹出乱子的心理准备,于是我们互相退让了一步,没有再追问下去。

不多时,矢崎焦虑地问道:"那么杀人案呢?有什么发现吗?"

众人一齐陷入了沉默。

过了片刻,翔太郎回答道:"没发现什么关键线索。"

午餐会就这样宣告结束。

就在矢崎一家准备回房的时候,沙耶加仿佛突然想起什么似的叫住了他们:

"啊,隼斗君!不嫌弃的话,就把薯片拿去吧?"

而隼斗对于旧事重提反倒有些不大喜欢。

"不用了。"

矢崎夫妇对儿子的冷漠颇感惶恐,就这样走出了餐厅。

谈话刚结束，这回换作隆平一脚踹开椅子走了出去。

"进展似乎不大顺利啊。"

沙耶加以疲乏的声音喃喃自语。

归根结底，是寻找杀人凶手这个根本问题迟迟没有进展。在这种状况下，质疑他们是否很早就知道这个地方绝非上策。

"他们几个果然很奇怪啊。干吗那么在意我们为什么来这儿？明明我们也不想来。"

花小声地说着，但并没有人理会。

最后，所谓的联谊会只用了一个小时便结束了。

像这样九个人一直聚集在一处会有危险，大家似乎都是这样的想法。

在少数人面前，我仍能保持冷静。可是当所有人都齐聚一堂时，我就有种想要大声疾呼的冲动——凶手是谁？差不多了，快站出来自首吧。有这想法的肯定不止我一个，在聊着无聊的话题的时候，除凶手之外的所有人都是这样想的吧。就似镜面相对的镜子加强了光线一样，当九人聚在一处时，每个人的恐惧都加强了。

既然没有出现众人厉声高呼、乱作一团的事态，倒不如说沙耶加策划的聚会还算顺利吧？我也情不自禁地这样想。

11

时间到了下午三点前后。

按照惯例,这是自由活动的时间。我去了趟厕所,正沿着一层的走廊返回自己的房间,恰好碰到沙耶加从 115 号房里出来。

不知为何,她背着自己的登山包,一副离家出走的样子。当她发现我时,吃惊得向后一仰。

"咦?你怎么了?"

"啊?柊一学长——嗯,我有点事。"

走廊上不见其他人的身影。沙耶加一边留意着刚走出的房间,一边说道:"和花学姐商量后,我们决定还是分房睡为好。学姐说一到晚上就心神不宁,我觉得这也是没办法的事。"

"哦,这样啊。是会有这样的情况吧。"

直到昨晚,两人还是和往常一样共处一室,不过临时改变主意也没什么可奇怪的。

沙耶加一脸寂寞的样子,并非为了和花分房睡而感到寂寞,而是因为无论怎么挣扎,都无法解决此刻我们所面临的窘境,这让她无法接受。

"那个,需要搭把手吗?搬垫子之类的。"

"啊？哦，没关系，我自己能行。"

沙耶加一副萎靡不振的样子，听了我的建议后，就似突然回过神来一般，然后将靠近楼梯的 108 号房定为自己的新房间，飞快地进到里边。

108 号房乱成一团，里面传出了她收拾房间的声音。

将近晚上八点的时候，我和翔太郎在餐厅里吃晚饭。

没有什么可以取代罐头的食物，我们不得不一直靠冷食果腹，逐渐感到难受。餐厅里虽有炉灶，但点火装置坏了，我试着摆弄了一下，但似乎没法轻易修好。这里没人吸烟，所以也没人携带火种。

当我们吃完晚餐的时候，沙耶加来到了餐厅。

"啊，你们好，我也来吃晚饭了。"

她从长桌上的罐头堆里寻觅想吃的东西，待找到墨西哥辣肉酱罐头时，便拿起来举给我们看。

"我可以吃这个吗？最后一个了。"

"哦，是吗？没什么关系吧，反正没人会生气。"

沙耶加拿了最后一个，辣肉酱罐头便宣告售罄了。由于发生了薯片事件，所以大家对于独占贵重的东西变得有些神经过敏。

"那我就收下咯。这个很好吃吧？"

"哦，是吗？那就好。"

沙耶加似乎想找一些开心的话题，可我并不想对罐头的味道展开热烈讨论，所以并没有积极回应。

她神情怏然，最后决定独自用餐。只见她拿起了罐头和装了水的杯子，就这样走出餐厅，往新入住的108号房走去。

在这段时间，我和翔太郎为了尝试能否修好炉灶，再度缠斗了一阵子。

而其他人的情况我并不知晓。矢崎一家自从七点钟过来拿了罐头后，就一直未踏出房门半步。

九点前后，我们终于放弃修理炉灶，决定返回112号房。

来到走廊的时候，沙耶加和花就站在108号房的前面，沙耶加将某个黑黢黢的东西递给了花。

这是干什么呢？借手帕吗？在我们靠近之前，她俩就分开了。

看起来没什么大事，所以我也没想太多，心想还是明天再问吧。

回到房间，我一只耳朵塞着耳机，无所事事地听着音乐。身旁的翔太郎仍和今天早晨一样，正趴在床垫上阅读文库本，看起来像是一本外国游记。

案发后已过了将近两日，距离时限仅剩五天。

大水越发迫近，我们却用手机和闲书打发时间。

我从未经历过如此瘆人的时光，想必今后也绝不会有。

我抛出了不知问了多少次的问题：

"翔哥，你真的对凶手是谁一点想法都没有吗？"

"我不知道。"

他的回答一如既往地淡然。

我没有任何拿得出手的证据，正确答案并不是只需持续思考便能企及的所在。

那么，仿佛在假日夜晚度假般浑浑噩噩的我们，究竟在等待什么呢？

翔太郎安慰我说："按现在的状况，我们也没什么可做的。既然如此，与其慌慌张张，还不如淡定一点。"

"那么——也有可能直到时限来临也找不到凶手吧？"

"当然有这种可能。如果真变成这样，也只能到时候再考虑办法了。不过现在并没有考虑的必要，反正也没什么能让所有人都接受的好办法。"

他将文库本随手抛在床垫上，大大地伸了个懒腰，然后又回到了支起一条腿坐着的状态。

"这么说来，花和沙耶加分房睡了啊。"

"嗯，是啊。"

之前在走廊里遇到沙耶加的事已经跟他说过了。

从昨天开始，麻衣和隆平就处于吵架分房的状态，除去我和翔太郎还有矢崎一家，其他人都是一人一室。

"沙耶加她们没吵架吧？"

"嗯，好像是因为晚上没法冷静才变成这样的。这样做也情有可原吧。"

"也就是说，其中一方开始怀疑另一方是凶手是吧？"

"嗯，或许是有这个原因，但并不是因为具体的事吧。"

若问谁是凶手，无论是花还是沙耶加，一定首先怀疑关系最为疏远的矢崎一家，直到最后才会互相猜忌。因此即便在杀人案发生之后，两人仍旧亲密地共处一室。

情况没那么危险。不管哪边是凶手，在这种情况下杀了室友，自己的所作所为也就会暴露无遗。凶手同样处于性命攸关之际，不可能做这种事情。

可即便明知事实如此，沙耶加和花也无法彻底舍弃对彼此的怀疑吧。一夜过后，两人还是决定分房，我也非常理解她们的想法。

我道出了自己的看法，翔太郎点了点头。

不过他提出的问题却和不信任感略有不同。

"她俩的行动我都清楚了，柊一刚才说的话大概也错不了，可事情不仅仅是这样。打个比方，假使我们此刻所处的地方并不是这样的地下建筑，而是被暴风雨席卷的山中小屋之类的，救援人员需要一周才能抵达。假如在这种时候,有个人被勒死了,碰到这种情况,柊一会怎么做呢?"

"欸?如果是这样的话,我会提议大家全都集中在一个地方吧,长期保持互相监视的状态。"

"是啊,这样肯定是最好的。睡觉按半数轮流,上厕所也必须一个一个来,不听任何人的埋怨。只要贯彻到底,就是绝对安全的。可在现实中,我们却在做截然相反的事情。所有人聚在一起的时间极短,就连之前睡在一起的人,也特地换了房间分开睡觉。

"至于这意味着什么——只能说要是凶手真有继续杀人的打算,那可真是太方便了。"

翔太郎边叹气边说道。

像这样的可能性,我之前并非从未想过,可他那无精打采的语调和严肃的内容所形成的反差还是令我困惑不已。

"翔哥的意思是说,你觉得只有裕哉被杀,事情还不算完吗?"

"不是,我也不太清楚。总之要是正常想想,凶手不太可能再度杀人。"

这倒也是。

凶手一旦被发觉,就等同于预定了在地下身受拷问的死法。第一次犯案费了好大气力才没留下什么证据,为何偏要在此时此地特地涉险杀人呢？

麻衣和隆平，花和沙耶加，他们决定分房，是有意引凶手犯下第二桩凶案吗？

这似乎过于穿凿附会了。不至于吧，大家的意志理应不会那么明确。

但不可否认的是，我们的内心也怀揣着这样的焦虑——能不能赶紧发生点什么事。

"虽然不清楚这究竟正不正确，但我总有这样的感觉，与其在凶手不明的情况下选取牺牲者，宁可多死一人，去把杀人凶手找出来。"

在这处地下建筑之中，还有比杀人更可怕的事。所有人都可能会被从地下步步迫近而来的大水吞没，因此已无暇担心是否有人会被勒死。

"那到底该怎么做才好呢？"

"不必做什么，而且我们也做不了什么。就算我们撇下良心，故意给凶手一个线索，希望他再杀一人，凶手也不见得会这么做。"

话是没错。

可是裕哉遇害一案，原本就是在此等状况下绝不可能发生的杀人案。既然如此，又怎能保证不会发生第二起呢？

我对思考开始感到厌腻，对杀人案的期待却在心中逐渐升温。

那么,下一个受害者是谁呢?我到底希望谁死?

翔太郎对我投以宽慰的眼神。

"好吧,柊一怎么担心都行,不过唯独不用担心下一个被杀的是你,因为还有我呢。

"虽然不知道这算不算一桩幸事,不过还是好好休息一下为好,昨天都没怎么好好睡觉吧?"

这话倒是没错。

我将垂下来的半边耳机塞进右耳,躺在床垫上合上眼睛。翔太郎说得对,只要和他共处一室,就不必担心半夜遇害。

任由不安在全身激荡,我缓缓进入了梦乡。

第三章

斩落之首

切られた首

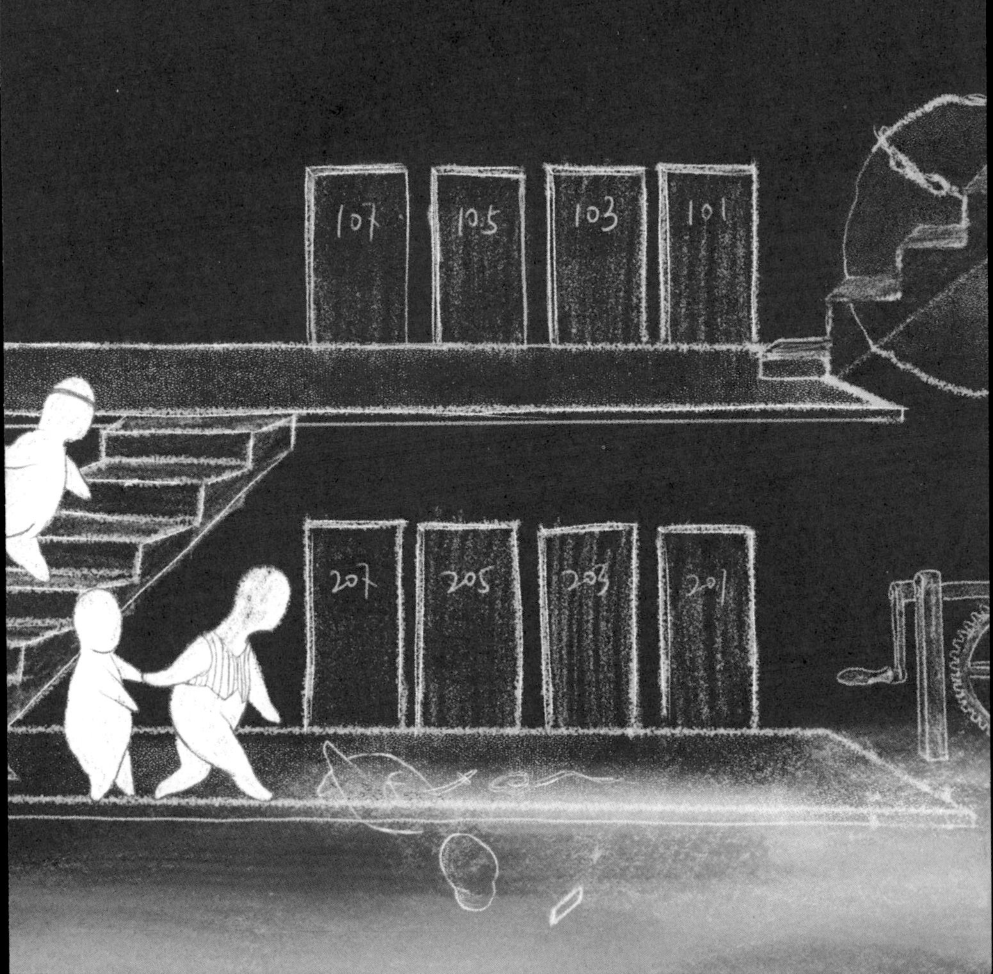
107
105
103
101
207
205
203
201

1

一觉醒来已是早上七点，这是我们被禁闭的第三天。

音乐从昨晚一直放到现在，我取下耳机摇了摇头。和我同龄的女歌手的歌声有如耳垢一般簌簌零落，原本是为消遣而听的音乐，一到早晨就萌生出些许疏离之感。

没想到自己睡得还挺沉，可疲劳丝毫没有减轻。

"早上好。"

似乎早就睡醒的翔太郎并未看向这边，而是直接打了声招呼。

"嗯——水怎么样了？已经查看过了吗？"

"看过了。和计算的基本一致，到今天中午前后，地下二层就要开始进水了。"

时限正在切实地迫近。

"又少了一点宽限的时间吗？"

"谁知道呢。我只是去看了眼水位，所以不清楚睡觉的时候除时间损失之外还发生了什么。总之先去吃早饭吧。"

虽说毫无食欲，但我并不想单独待着，于是急忙整理好衣服，跟上了起身离开房间的翔太郎。

餐厅里空无一人,我只能机械地将吃到已然分不清滋味的炖鱼送进嘴里。

还没等我吃完,花就来到了餐厅。

"啊,早上好。"

"啊?嗯。"

花用昏昏欲睡的声音应了一句,随即挑起了水果罐头。她一边挑着,一边突然朝我们问了一句:"那个,沙耶加还没起床吗?"

"欸?不是在睡觉吗?我没看见她。"

"哦。"

花忧郁地打开罐头,踌躇着要不要拿回房间,不过最后还是和我们一样坐在长桌跟前,默默无言地吃起了水果。

"你和沙耶加之间没出什么事吧?"

"没,一般情况下都是这样吧,彼此还是不要特地待在一起为好。"

花给了个意料之中的回答。

话虽如此,沙耶加向来很少赖床,所以花先起床的情况比较少见。

不过把平时的生活习惯当作例证是有些奇怪,哪怕是沙耶加，大概也有因不安而失眠直至很晚才入睡的情况吧。

不过花似乎在忧虑事情并不是那么简单。

花吃完水果罐头后，又犹豫了片刻，才开口向我们问道："昨天晚上，你们有没有看见沙耶加？"

"欸？没，应该没见过吧。"

她又向翔太郎问了一声。不过昨天吃完晚饭后，我们一直待在房间里，所以并不清楚沙耶加的事情。最后一次看到她的时候，她正在把什么东西交到花的手上。

"话说回来，你昨天从沙耶加那里拿到了什么东西吧？究竟是什么呢？"

"啊？哦，那个啊，是胶带，我借了一下。"

一问之下，我才知道还有过这样的事。那是我们尚在餐厅期间发生的事情。

沙耶加在108号房用餐时，不小心把杯子掉在地上摔碎了。为了清理掉这些碎片，她从地下二层拿来了绝缘胶带，利用胶带的黏合面将细小的玻璃碴从地板上粘掉。

刚打扫完的时候，花前去拜访了沙耶加的房间，恰好借走了沙耶加手上的胶带。

"我现在穿的内衣上头起了毛球，因为没有替换衣服，感觉十分难受。碰巧看到沙耶加手上拿着胶带，我觉得用这个粘毛球正合适。"

据说她是为了去除毛球才借走了绝缘胶带,昨晚我们看到的正是交接绝缘胶带的场面。

我理解了原委,但花在意的是那之后发生的事情。

"然后我感觉沙耶加有些奇怪。我临睡前在走廊上看见过她。她正在窥探着各个房间,似乎在寻找什么东西。"

"哦?是在借了胶带之后吗?"

"对,大概九点半吧。差不多就是这个时候的事。"

是有什么想要的东西吗?毕竟地下建筑很是宽敞,哪怕弄丢了什么东西也不足为奇。说是在找东西,应该也没什么奇怪的。

可一旦联想到今天早上沙耶加迟迟起不了床,不知为何,心中的不安愈演愈烈。如果只是因为三更半夜找东西而晚起的话,倒也没什么可担心的。

花匆匆出了餐厅,似乎是去沙耶加的房间察看情况。

数十秒后,花冲回了餐厅。

"喂!沙耶加不在!"

"不在?"

"就是她人不在!房间里没人!"

108号房是空室。

花激动起来,不祥的想象似已势不可当。

我们起身离开座位,和站在门口的花一同奔赴沙耶加的房间。

房间位于通往地下二层的楼梯附近，门半掩着，显然花窥看过以后就一直没有关上。

里边确实没人，房间正中间是一张床垫，上边摆着叠好的睡袋。

"真的哎，话说连行李都不在。"

除去本人，就连沙耶加的登山包也不见踪影。

连行李都没了，看来沙耶加是临时改变主意，去别的房间就寝了吧——可要是这样的话，连寝具一道搬走才是自然的吧？我感觉沙耶加应该这么做才对。

"喂，怎么了？"

回头一看，隆平就站在身后。

我只能回答说沙耶加不见了，他没有反驳，只是默默地咽了口唾沫。

"喂，没事吧？"

紧接着，麻衣出了房间，沿着走廊朝这边靠了过来。

由于花在餐厅门口大喊大叫，异常事态已然传遍了整座建筑。不多时，矢崎一家三口也在此现身，八个人展开了对地下建筑的探索。

这种事两天前刚发生过，那个时候，众人一起分头寻找不见踪影的裕哉。

我们八个人聚在一处,自地下一层编号靠前的房间开始,按顺序小心翼翼地开门检查。两天前,裕哉被杀是我们万万没想到的事,但这次并不一样。从刚才开始,无论我们怎么呼唤,沙耶加都始终没有现身的迹象。

在某个房间里,沙耶加全然不曾发觉这里的骚动,就这样悠游梦乡——已经没有人会期待这种平和的结局了。

众人来到地下一层的最深处,也就是放置着裕哉尸体的仓库跟前。开门之际,我感到紧张感游走全身。这里也是命案现场。

里边的光景和两天前别无二致,只不过裕哉身上开始散发出淡淡的腐臭味。

我们下到了地下二层。

这回我们反过来从东侧编号靠后的门往铁门方向走去,将排列在走廊左右的门依次打开。由于铁门附近没有照明,因此放到最后。

渐渐地,众人都不再言语。原先我们每次开门的时候都会呼叫沙耶加的名字,但就连做这个行为的气力也逐渐丧失殆尽。最后变得一言不发,只是一味地寻找。这在我们之中已然成了心照不宣的事项。

不久,沙耶加被我们找到了。

众人对她的模样理应有着形形色色的想象。由于生还已无指望，所以有可能如裕哉那样被勒死，又或者是脑袋遭到重击。我们的脑内大抵被这样的画面侵蚀着。

正如所有人所依稀预料到的那样，沙耶加并没能活命。可她的凄惨模样仍旧超出了任何人的想象。

现场是 206 号房间，207 号工具仓库的对面。

翔太郎将手放在门把上，稍稍把门拉开了一条缝。前所未有的浓烈血腥味扑鼻而来。他随即把门打开，按下墙上的开关，点亮了房间的灯。

"哇！不会吧！这算什么？"

继我的惊呼之后，数人的嘴里又发出短促的尖叫声。

刚瞧见室内的情形，一股强烈的反胃感即刻涌上胸口，我只能拼命将其按捺下来。

里边有个倒地不起的女性，一眼就能看出她已然丧命。

尸体没了头颅。

2

翔太郎一边观察着脚下，一边小心翼翼地向室内走去。

我也拿袖子捂住嘴，战战兢兢地跟在他的身后。

无头尸横躺于房间中央，脚朝着门的方向，仰面躺倒在地。

"这是——沙耶加，对吧？"

"还存在其他可能性吗?"

翔太郎以冰冷的声音回应道。

当然了,只能认为尸体就是沙耶加本人的。身上穿的牛仔裤和登山衣都是她的,身材也完全一致。哪怕并非如此,既然在场的人里只少了沙耶加,只需做个减法就能获知真相。

可瞧见她那副惨不忍睹的模样,我宁愿这是个陌生人,何况将这具尸体认作沙耶加,也太缺乏实感。就算抵近观察,我仍在疑心尸体是不是伪造的。

回头一看,除了我和翔太郎,所有人都停留在走廊上,一动不动地观察着里边的情况。所有人都目瞪口呆,嘟囔着谵妄般的言语。

花吐了一地,其余人看起来也不胜其苦。但由于没吃早餐,他们似乎没什么可吐的东西。

翔太郎蹲下身子检查尸体。

"嗯?有刺伤啊。"

他指着胸口的正中央说道。

由于其颜色和深褐色的登山服浑然一体,一时间很难分辨,不过那里确实有被锐器刺伤的痕迹。

"难道说她是被刺死的?"

"就算被刺也没流多少血。难道是这样吗?先把刀插进去,等心脏停止跳动了再拔出来,就会变成这样——"

翔太郎一边说着，一边把目光移向了尸体的脖子。

别的地方尚且能看，唯独这里我怎么都不忍直视。苍白的皮肤在此惨遭切断，红黑色的肌肉暴露出来，似乎已经有了些许腐败的迹象。

翔太郎用手指钩住尸体的领口，仔细观察着断面周边。

"不，不对，看上去像是勒死的。脖子上有勒痕，虽然只有一点。"

脖颈虽遭切断，但躯干一侧似乎仍残留着些微绳索痕迹。

"那么杀害沙耶加的方法和裕哉的是一样的吗？"

"没错，趁其不备用绳索一类的东西勒住脖子，但是杀人之后的处置方法，和裕哉那会儿又差得太远。"

杀害裕哉的时候，凶手只是将绳子绑在了尸体的脖子上，然后丢在原地而已。但这一回，凶手花费了超乎想象的工夫，对沙耶加的尸体做了加工。

"首先，凶手特地在胸口插了一把刀。或许是为了给她致命一击，但似乎也做得太过头了。"

杀害裕哉之际，为了防止其万一复苏，凶手也在脖子上绑了绳索，可到了沙耶加这里，凶手却特地带了小刀之类的东西。

"然后还把头割了下来，大概用的是锯子吧。"

翔太郎边说边环顾房间。

这间仓库只扔着一堆坏掉的水桶，东西极少，地板上空荡荡的。而且距离楼上的发电机很近，理应也能掩盖锯子的声音。对于杀人和处理尸体而言，可谓非常称手的位置。

地板上四处都是鲜血横流的痕迹，看来凶手已然大致做了清扫，但并不十分细致，被擦掉的血迹留着像砂纹一样的纹路，到处都是鞋子踩过血浆的痕迹。

房间的角落里放着塑料垃圾桶，定睛一看，垃圾桶的把手上也残留着血印。

翔太郎暂时离开了房间，然后从别的仓库取来了带袖套的橡胶长手套回到了现场，他戴上手套，捏似的将盖子掀了起来。

"哦？还有一大堆东西呢——"

言毕，他首先取出了工作用的围裙，上面溅满了鲜血，然后是橡胶手套，和翔太郎所用的一样，且同样沾满了鲜血。

之后取出的是长靴，观察鞋底的防滑纹，和地板上留下的脚印是一致的。装在垃圾桶里的东西只有这些了。说不定从里边还能拿出沙耶加的头颅——我虽有这样的预感，但事情并没有发生。

翔太郎将证物摆在地上，让所有人都能看清楚。

"各位都认得这些东西吗？"

"……嗯。围裙、橡胶手套、长靴，这些都是地下二层的东西吧？"

麻衣如此作答，其他人也纷纷表示同意。

我还记得在地下一层探索时，每样东西都曾过目。这些一定是原先就备在地下二层的东西。

"对凶手而言，想要实施斩首岂不是很方便？这些东西都备齐了——"

"是这样没错，锯子和刀应该都能从地下二层直接取用。"

"可是凶器并没有留在这里。"

"是啊，而且要说没留下的东西，最主要的就是没留下头吧。"

很明显，沙耶加的头并不在这个房间里。

这是理所当然的。要是将其留在现场，斩首便显得莫名其妙。仅因为想斩才斩，这种快乐杀人在现今的状况下显然不可能发生。

但要说能否勘破凶手带走人头的原因，答案同样是做不到。

话说回来，就连沙耶加继裕哉之后被杀的意义也不得而知。对于凶手而言，这样做只会平添危险。而且凶手不仅杀了她，还割下了头颅。在这种情况下绝不该有的行为，凶手已经做得足够多了。

"凶手究竟把沙耶加的头弄到哪儿去了？"

"如果斩首只是为了将其藏起来，那应该是扔到地下三层了吧。凶器也不在这里，可能和头一起处理掉了。"

"哦，这样啊。"

被水淹没的地下三层，本就是处理头颅的最佳场所，只要扔进里边，就绝无被找到的顾虑。杀人时所用的绳索和刀锯要是也一起扔进水里，还能恰到好处地替代重物令其沉入水底。

而另一边，橡胶手套、围裙和长靴都因为体积太大而被留在了房间。由于我们并无检测指纹的手段，所以把这样的证物抛弃于此想来也没什么问题。

翔太郎开始仔细观察这些血迹斑斑的物品，随后在右脚长靴的脚后跟附近发现了某样东西。

"咦，这是什么？"

他从长靴上轻轻剥下了一小块被鲜血浸染成褐色的单薄碎片，似乎是纸质的。

"什么东西？纸巾吗？"

"不，不对，还要再厚一些——是无尘纸吧。"

仔细一看，纸片上有着凹凸不平的纹路，就像厨房用纸一样。这是用来擦拭油脂的纸巾碎片。

凶手在擦拭地板上的血迹时，大概没发觉用来擦地的无尘纸碎片沾到了长靴上边。

"可这里有无尘纸吗？好像没见过哎。"

"有的。就在地下一层的118号仓库，里边放着五包两百张装的无尘纸。"

几个人点了点头。说起地下一层，我也想起来了。118号房进门后左手边的货架顶端有个塑料筐，无尘纸就放在里边。

从地板的状况来看，擦成这样理应要用掉相当多的无尘纸。可除去长靴上沾着的一个碎片，再也找不到其他带血的纸。恐怕用过的部分已经和沙耶加的头颅一起处理掉了吧。

翔太郎将长靴放在地上，摘下橡胶手套，随后面向所有人说道："待会儿还会拍照，不过为以防万一，各位还是先仔细看看这些证物和尸体的状态吧。不然在指明凶手的时候，万一对发现尸体时的状况有异议就不好办了。"

这便是我们必须将现场的状况烙印在视网膜上的原因。

众人一时间呆立不动，不过随后还是依照翔太郎的建议，一个跟着一个，就像去葬礼上上香一样，依次进入206号房检视沙耶加的尸体和证物。

检查完毕后，所有人都来到走廊上。翔太郎站在八个人围成的圈子的中心说道："接下来，我想进入所有人的房间检查随身行李，有不同意的吗？"

"没有吧？快点。"

隆平首先应了一句。

没等众人整理好情绪，翔太郎便决定继续进行调查，没有人表示反对。

沙耶加的死状实在太过恐怖，完全不知道是什么用意。可是在无法理解的情况下，我在心中产生了某种期待。

与第一起案件不同，这次凶手花费了莫大的精力，留下了大量的证据。

凶手确乎是在我们八人之中。犯下如此大胆罪行的杀人凶手又怎么会不被抓住把柄呢？我们是不是不必等待如此之久，便能自地下脱逃了呢？

3

我们八个人排起了队，依次巡视每个人的房间。

随身行李检查进行得很彻底，在所有人的注视下，我们每个人的行李都被打开，连换下的内衣都经过了详细确认。

或许在斩首的过程中，凶手的随身物品会沾上血迹。当然了，证物确有已被处理的可能，但若是如此，丢失东西的人便有了嫌疑。

而且不知为何，凶手带走了沙耶加的行李，在某个人的住处将其寻获也未必毫无希望。

然而我们所希冀的快速解决并未实现，没有人丢失本该持有的东西，也没有人持有不该持有的东西。凶手似乎不曾犯下这种低级错误。

"我们再去沙耶加的房间里看一看吧。"

检查完所有人的房间后，翔太郎提议道。

物证尚未发现。此刻我们必须依次研究受害者和凶手的行为。

刚才只是确认了沙耶加不在里边,房间之中或许还残留着有关凶案的线索。

我们打开楼梯附近的门,空荡荡的房间里唯有床垫和睡袋。虽说一如之前看到的光景,可是待到获知沙耶加惨死的事实后再望过去,便有种窥视着无底深渊般的寒意。

翔太郎拖开了床垫,随即发现地板上掉了两片黑色的东西。

"哦?这是什么?"

他拾起来的东西是一片黑色胶带,裁成约十厘米的长度,有胶的面朝内粘在一起。

有粒状物粘在内侧,似乎是玻璃碴。翔太郎再度环顾室内,然后在房间的角落里,找到了归集好的玻璃杯碎片。

"果然,沙耶加确实用了胶带收拾玻璃碎片。矢崎先生,这个胶带你有印象吧?"

矢崎瞬间吃了一惊,还以为自己是不是遭到了怀疑,不过他旋即领会了翔太郎的话中之意,接过了胶带的断片。

"啊——对,有印象,这就是绝缘胶带。"

这是两天前对地下二层的电线进行绝缘处理时用的胶带。沙耶加似乎真做了刚才从花的口中所听到的事。

"那么这段绝缘胶带的主体是被花借去了吧。"

"嗯,对。"

花用含混不清的声音回答道。

翔太郎代替她解释了沙耶加昨晚的行动。

"不过据说沙耶加昨晚好像在找什么东西是吧?"

花点了点头。

"昨晚还有谁看到沙耶加来着?"

"我也看到了。她一脸困惑的样子,在走廊上四处晃荡。"

麻衣说。

"我也看到了沙耶加,她正窥探着餐厅的餐桌底下,这么一说,好像是在找东西。"

隆平发表了相同的意见。

直到昨天,麻衣和隆平仍处于无法平静对话的状态。但由于沙耶加的横死,这方面的感情似乎被麻痹了。两人碰巧遭遇了同样的事件,却表现得如同陌生人一般。

不管怎么说,三人都证实了沙耶加昨晚确实在找东西。

"各位还记得是几点吗?"

"差不多十点钟吧?我睡前想去餐厅往塑料瓶里装点水,就在那时候撞见了。"

隆平又询问了其他目击者。

"我们这边是九点半前后看到的吧。"

"大概就是这样,记不清时间了。"

花和麻衣异口同声地回答道。

夜里九点半到十点，沙耶加正在找东西，这似乎是确定的事实。

"沙耶加到底在找什么呢？"

面对我的询问，三个目击者露出了暧昧的表情。

他们似乎没人询问过本人，据说麻衣和花仅是远远瞧见了沙耶加的身影，距离并没有近到足以搭话的程度。至于隆平这边，考虑到他昨天的态度，恐怕也无法和沙耶加展开这样的对话吧。

"和打碎杯子有关系吗？"

"怎么说呢，似乎没有直接的关系吧。"

沙耶加在自己房间用胶带把地板收拾干净后，出于某种缘由开始找东西，然后就被杀了。

"被杀的位置是在地下二层吧。"

"应该是。发现尸体的房间周边就是案发现场，这点基本不会错。就这么扛着遇害的沙耶加大大咧咧地走在走廊上，风险未免太大。"

仔细一想，对凶手而言，唯有受害者在地下建筑内独自徘徊之时，才能寻到下手的机会吧。

裕哉遇害的时候，大家都在各处没头没脑地找六角扳手，可这回大多数人都待在自己的房间里，建筑物内一片寂静，理应更加注意声响，因此闯进沙耶加的房间杀人实在太过危险，理应是做不到的。

"这么说来，沙耶加正在找东西，对凶手而言是理想的状态吧？是凶手撞了大运，想杀的对象恰好在没人的地方徘徊吗？又或者——"

难不成对于凶手而言，任何人都可以是杀害的对象吗？只不过碰巧能杀的那个是沙耶加而已。可在这座"方舟"之中，凶手竟真的会有"诸人皆可杀"的想法吗？犯罪理应需要具备强烈的动机，又或者，沙耶加的行动和杀人之间存在着更加明确的因果关系。

也就是说，要找的东西与动机息息相关。沙耶加为了寻找某物，在地下建筑内徘徊，对凶手而言可能是个问题，倘若如此，此时发生第二桩杀人案也就有了解释。

"对了，凶手是特地取走沙耶加的行李的吧？犯罪动机果然和沙耶加的随身物品有关。"

"谁知道呢。"

翔太郎朝我轻轻地瞪了一眼，搪塞着回应了我的意见。

在凶手也能听到的场合，或许不该讨论动机吧。于是我避开了进一步追问。

"不管怎么说，受害者的行动大致知晓了，到这里就可以了吧。还有，我比较在意凶手用来擦拭血迹的无尘纸，这些东西原先存放在地下一层的118号仓库里，是吧？"

于是我们八人列队赶赴下一个现场。

118号房就位于放置裕哉尸体的房间隔壁，刚踏进门，我们即刻觉察到了异样。

摆在货架顶端的塑料筐被挪到了地板上，里边放着四包两百张装的无尘纸，上面写着"机械用"。

"姑且先问一句，有没有人拿下了这个筐子？"

底下无人回应，显然是凶手所为。

"我看到的时候还是五包，有一包肯定是被凶手拿走了。"

连无尘纸的数量都记得的人似乎只有翔太郎，不过也无质疑的必要。眼前的光景无论在谁看来，都意味着昨晚凶手悄悄溜进这里，取走了一包无尘纸。

"好吧。那我再问一下所有人，在这间仓库里，除去筐子被放下、一包无尘纸不见了，还有什么跟昨天不一样的地方吗？"

众人一脸严肃地环顾着仓库。

除去无尘纸，仓库里还放置着卫生纸和替换用的纸巾，以及扫帚和海绵等清洁工具。凭借我的记忆，和之前进入的时候相比，这里并没有缺失什么特别的东西。

见无人指出异常之处，翔太郎遂点了点头。

"好吧，除了凶手带走的无尘纸，再也没有用得着这间仓库的地方了。"

这应是所见的一切。我们再度下到地下二层，确认作案凶器的来源。

一行人又来到207号房的工具仓库，众人对这里再熟悉不过，毕竟找六角扳手的时候所有人都进去过。

翔太郎从货架上取下了一个已有些年头的塑料收纳箱。

盛放工具的收纳箱按类别分为数个，这个是专门收纳切割工具的。打开一看，里边密密麻麻地放着线锯、金属锯以及修剪用的锯子之类。

"东西有好多，具体用了哪个就不知道了。还有人记得吗？"

寻找扳手的时候，我们也打开收纳箱看过里边。无论怎么看，我都无法指出究竟哪把锯子遗失了。

不过这理应不是什么问题。重要的是，凶手在犯罪现场附近很容易就能找到凶器。而在另一个收纳箱里也找到了刀类的工具，里边有雕刻刀模样的东西和类似肥后守[1]的刀具。凶手一定是从这里边选择了一把，将其刺入沙耶加的胸口的。

检查完毕之后，翔太郎又将收纳箱的盖子原封不动地盖了回去，放回了货架上，在室内仔细打量起来。

---

1 起源于日本的折叠小刀，多用于削铅笔。（译者注）

这间仓库在地下建筑中属于比较整洁的。这里还存放着古旧的链锯和圆锯，当然这些东西因为噪声太大无法使用，机械油的罐子和清洁布之类全都整整齐齐地摆在货架上。在寻找扳手的时候，我们顺手将地震中散落满地的物品放回了货架上。

翔太郎来到仓库的正中央，对众人说道："有关凶手用过的东西，能确认的大致都确认过了。那么我们就以迄今为止所见的状况为基础，来捋一捋受害者和凶手的行动吧。"

他小心地掰着手指头，回溯起昨晚发生的事：

"首先，沙耶加收拾完地上的玻璃碎片后，便开始寻找东西；到了晚上十点前后，她遇到了凶手，大约就是在地下二层找到尸体的现场附近，沙耶加被绳索之类的东西勒颈，就这样惨遭杀害。随后凶手将刀插入沙耶加的胸口。不过两者顺序并不明确，说不定在杀人后不久，先完成斩首再刺进去的。"

"这种状况有可能吗？捅刀子就是为了给出致命一击吧，割了头以后再捅，也就没什么意义了吧。"

"不，不是这样。原本想令对方断气，只需像杀害裕哉的时候那样，将绳子绑紧即可。可凶手特地采取了别的做法。拿刀去捅可要麻烦得多。

"所以，凶手如此行事应该另有原因，正是出于别的理由，斩首之后再这么做才更合适。

"关于刺伤究竟是死前还是事后造成的，须请专家做一下尸检方可判断。不过问题在于刺伤的理由,只要将其弄清楚,顺序如何也就不再重要了。

"总之,凶手不知何故决定切断沙耶加的脖子,于是上了地下一层,从最里边的仓库取来了无尘纸,然后准备好锯子、围裙、橡胶手套和长靴,便开始了操作。

"至于斩首本身,手脚麻利点也要二十分钟左右。完事之后,再用无尘纸拭去地板上的血迹,若是一不小心在走廊上留下血脚印可就糟了,因此必须小心为上。衣服和皮肤是否溅上血迹想必也仔细确认过了。手套之类的卫生用品最后被扔进了犯罪现场的垃圾桶里。然后凶手再着手处理斩下的头颅、沾血的无尘纸和凶器。就目前的状况来看,应该是扔进地下三层了。"

由于尚未搜索整个地下建筑,因此并无确凿的证据。不过除此之外的可能性微乎其微。

"将头颅等东西扔进地下三层是相当容易的,从那里扔就行。"

翔太郎一边说着,一边指向了仓库的一处裸露的岩壁。

由于外侧是天然岩石,因此仓库的墙壁并不平整。靠墙处的地上所铺设的铁板原本配合了外壁的形状,可在沿着外壁淌下的水的腐蚀之下,已然锈迹斑斑,某一部分甚至有了裂隙。

裂隙最大的地方足以穿过人的头颅,就似地下二层和三层之间的通风口一样。因此可以非常方便地处理掉不需要的东西。

当然了，还有通往地下三层带铁门的小房间，从那里抛弃亦无不可。不过扔在那里的话，无装备潜水即有可能找到。因此还是从缝隙间抛弃更稳妥一些。

我走到墙壁，战战兢兢地从裂隙间窥探地下三层。

漆黑的水面几乎贴近了地下二层的地板。缝隙不大，只靠手机的灯光是看不清水底情况的——话说沙耶加的头颅真是从这里丢弃的吗？

翔太郎再度展开了分析，于是我离开墙壁，回到了原来的位置。

"而且凶手还从沙耶加的房间里收走了背包，不知道是什么时候做的。有可能是去地下一层取无尘纸的时候顺手拿的，也可能是处理完头颅后喘了口气再去拿的。行李目前也未找到，应该用和抛弃头颅一样的方式扔在地下三层了吧。如此一来，凶手要做的事便宣告完成。随后他回到了自己房间，仔细考虑有没有遗留下来证据。"

当陈述告一段落时，众人都发出了黯然的叹息。

回过来想，凶手的行动可谓支离破碎，不知何故杀害了沙耶加，不知何故刺了尸体的胸口，不知何故割下了她的头颅，又不知何故处理掉了她的随身物品。

"裕哉被杀的时候，明明谜题少得完全不够看，为什么到了沙耶加这里，却是这种荒唐无稽的杀人方式呢？"

"没错。不过啊，柊一，你忘了列举某个谜题了哟。"

"欸？"

忘了列举某个谜题？难道这还不够吗？

"对，这很有可能是一个相当重要的不解之谜。该从哪里说起好呢？对了，柊一，你把凶手在本案中所必需的东西——列举一遍吧。"

虽然仍不解翔太郎的意思，但我还是老老实实地回忆着他最初的言语。

"这样啊。首先是勒死人的凶器，是绳索之类的对吧？还有小刀、锯子、擦血用的无尘纸、围裙、长靴、橡胶手套，应该就是这些了。"

"我刚才提到的正是这些东西，不过应该还用过别的东西吧？比方说，在丢弃头颅的时候，应该是要装进袋子里的，大概是垃圾袋一类的东西。搬运的时候可不能什么都不包，因为会落下血滴。无尘纸也和头颅一起装进袋子里处理掉了吧。然后，不管是头颅还是沙耶加的行李，若想要沉入地下三层还须增加分量。嗯，用锤子什么的就足够了吧。就这样，要是想将刚才说的犯罪必需品目录上的东西全都备齐，该去哪里找比较好呢？"

"不是从各处的仓库里找来的吗？"

"没错，应该是从各处搜集来的，问题是，凶手只需在地下二层的仓库就能把所需的东西全都弄到手。"

听他这么一说,我陷入了沉思。

凶器和防止沾血的卫生物品的确都在地下二层,此外,刚才提到的垃圾袋和重物也能在地下二层配齐。

"必需品全都在地下二层,这对凶手来说再方便不过了。因为各位都睡在地下一层,被发现的风险极小。

"但凶手用过的物品中,唯独有一样不是放在地下二层的,那就是用来擦血的无尘纸。唯有这样东西,是凶手特地跑到地下一层最里边的仓库里取来的。"

"对,是这么回事。"

"对凶手而言,进出走廊最里边的仓库应该相当危险,因为隆平、花和麻衣就睡在这附近的117、115和116号房。

"实际上,凶手在取无尘纸的时候,对声响相当谨慎。因为他把那个塑料筐从货架上取下来后,就一直放在地板上。"

因为货架是钢制的,放回筐子的时候一不小心就会发出金属声。按翔太郎的说法,凶手应该是不愿有什么动静,才没把筐子放回去。

"而另一边,凶手将地下二层放工具的收纳箱全都盖好,放回了货架上。而在地下一层,却对发出的响动如此敏感。那么,凶手为何要特地跑到地下一层最里边的仓库去取无尘纸呢?这实在太不正常了。我也知道凶手需要擦血的东西,可根本没必要特地跑到地下一层。"

翔太郎拿起了放在收纳箱边上的清洁布。

我终于理解了所谓忘记列举的谜题究竟为何。

倘若需要用来擦血的东西,这间工具仓库里就备有清洁布。为什么不用这个,非得冒着风险去取无尘纸呢?

"凶手并不知道这里有清洁布吗——不对,不可能吧?"

"肯定不会,凶手绝不可能没有看到。"

成捆的清洁布就放在开门后一眼就能看到的位置,而且就在放工具的收纳箱旁边,在取出刀锯的时候,凶手理应会注意到它的存在,即便不是这样,之前所有人都来过这里,凶手自然也该知道清洁布收在何处。

"凶手除了去那个仓库拿无尘纸没有别的事,这点刚才已经确认过了。没有缺失其他东西,而且考虑到犯罪的步骤,除去无尘纸,也实在想象不到那间仓库里还有什么必需的东西。

"虽然凶手去取沙耶加行李的时候也必须回到地下一层,不过这样做风险较小。108号房离楼梯很近,隔壁房间也没人用。"

凶手为何不直接用清洁布,非得冒着风险去取无尘纸呢?这个谜题对于确定凶手身份或许意外地重要——翔太郎做了如此总结。

话音甫歇,仓库就被发电机的振动声填满了。

而后矢崎缓缓地开口道:"这么说来,凶手究竟是……"

"还不知道凶手是谁哟。"

翔太郎干脆地给出了回答。

失望在众人之间分明地扩散开来。翔太郎自信满满的说话方式,令人期待案件的谜团会就此水落石出。结果仅是整理了一下状况,话题就这样没了后续。

"那接下来该怎么办?"

"和先前一样,唯有拼命思考凶手是谁。虽然不知道能不能称为幸运,不过裕哉君遇害时完全不够看的谜题,这次获得了一大堆。这样的话,或许就能有效地建立逻辑指明凶手。"

矢崎并没有退让:

"到了这个地步还在说这种话吗?这也太清闲了吧?凶手杀人如此残忍,会是那种一旦罪行暴露,就心甘情愿自我牺牲留在地下的角色吗?这次的凶案不是已经很清楚了吗?凶手彻底丧失了人性。若非如此,为什么要切掉头呢?这种人做的事情,用逻辑来解释又有什么用处?现在可不是浪费时间的时候。什么找到凶手求他帮忙,别再说这种信手拈来的话了。现在一门心思考虑如何逃脱才对。再不这样做的话,我们就有麻烦了啊。"

矢崎的语气越来越粗暴。在他的身后,他的妻儿也缩成一团。

他的说法兴许是有道理的,因为没完没了地寻找凶手,本该得救的我们最终未能得救——我也设想过或许会有这样的未来。

但是，并没有人跟矢崎产生共鸣，那是因为我们觉得他是在向我们强调自己的立场。

我是有家庭的人，你们这群漫无目标的穷酸学生岂能和我们一家人生命的分量相提并论？矢崎主张的背后似乎蕴含着这样的想法。

"这可不是最可疑的人该说的话。"

花小声地说了一句。

气氛骤然紧张起来。我知道她在怀疑矢崎一家，可不承想在这种时候，居然会当着本人的面说出来。

在其他人对此发表看法之前，翔太郎首先站出来安抚众人：

"眼下要是失去冷静，我们自身就有可能成为残虐谋杀的当事人，这点还请千万不要忘记。"

翔太郎给出了这样的忠告，看他的表情，似乎是把花的言语当作了耳边风。

而选出某人留在地下，相比裕哉和沙耶加的凶案，或许算得上更为残暴的杀人。但若非要从中选定一个人的话，那就必须是杀人凶手。这便是我们在迫不得已之际得出的最佳结论。

要是不能了结此事，以致不能从"方舟"脱逃，那就等同于以残虐的方式互相残杀。翔太郎的话警醒了我们。

"矢崎先生的话我不是不明白,可我目前还是没法指出凶手。不过姑且不论表象如何，本案中的凶手无疑极其冷静，没有一丝错乱。仅凭这点,我就觉得可以相信凶手。在性命攸关的时刻,还是有可能冷静地和凶手交涉处置事项。矢崎先生,要是你想到了不牺牲任何人就能从地下逃脱的方法,请务必告知,我也很想知道。现在这个时候,相比凶手的身份,更值得思考的就只有这个了。"

当然了,谁都知道并没有这种方法。我们已经再三思考过了。

现场勘查自此解散,按照惯例,自由行动的时间开始了。为了逃避无头尸散发出的妖气,众人四散而去。

4

时间到了中午十二点多。

虽说是自由行动,但我和翔太郎有件必须完成的事。这是一项无比讨厌的工作,但因为无人肯做,只能由我们接下,那就是收拾沙耶加的尸体。

裕哉那会儿能放着不管,但这次不行。因为地下二层很快就会被水淹没。

若让无头的沙耶加一直泡在水里又会如何呢?染成红黑色的水填满地下,我实在无法甩脱这般夸张的想象。

为了自我安慰,我将印花手帕围在嘴边,首先清理掉了花吐在走廊上的秽物。一边闻着臭气,一边触碰尸体,于我而言是做不到的。

"以防万一,我先记录一下吧。"

他从各个角度拍摄了沙耶加的无头尸。当然了,这是必做的事项,可我并无勇气在手机里存下这样的照片。

如果有带颜色的垃圾袋或者塑料布就好了,可地下建筑里就只有透明的垃圾袋。于是我将几个塑料袋绑在一起,裹住了沙耶加的全身。

"好了,搬得动吗?"

"嗯。"

于是翔太郎抱着胸口,我抱着双膝,就这样把沙耶加抬了起来。接着,我俩缓缓地朝着地下一层走去。

无头尸的分量并不算重,可每走一步,汗水便自全身喷薄而出。沙耶加的尸体在我眼中唯有污秽。我实在不堪忍受自己竟对她抱持着这样的想法,恨不得早点把她放下。

我们上了楼梯,走向地下一层的最深处,打算把尸体放置在裕哉旁边。

打开120号仓库,一股愈加浓烈的腐臭钻入鼻腔。将沙耶加放置在已开始腐败的裕哉身边时,我忍不住抛下尸体,头也不回地冲出了房间。

"凶手果然很不正常。像这种一旦被发现就身败名裂的事,普通人可做不出来啊。"

我累得蹲倒在地,对身旁的翔太郎说了这样的话。

事还没完,还得把地板上的血清理干净,将长靴之类的证物搬到楼上。可我已然累得精疲力竭,只得将这些活通通交给翔太郎。

将一切收拾妥当后,我和翔太郎站在地下二层的铁门前。

我们目不转睛地盯着小房间里的楼梯。不多时,水安静地溢了出来。

我毫无意义地看了看手机上的时钟。时间是下午两点三十二分。

水终于漫上了地下二层。

"我们回去吧。"

见证完毕后,翔太郎以烟花大会结束时的语气这样说道。

抱过尸体之后,我总觉得就连自己的身体也快腐烂了。

稍微回房休息下吧。我怀揣着这样的想法,上到了地下一层,却望见机械室的门半敞着。

心生疑惑的我朝屋里看了一眼,原来是花在里边。

"哇——"

坐在椅子上的她轻声惊叫起来,然后转向这边,摆出一副应对敌袭的架势。

我很理解花的情绪,所以没敢靠近她。到了昨天,情况彻底变了，这桩案子演变成了连环杀人案。

凶手犯下了危及自身的第二桩杀人案——恐怕抱有这般忧虑的人并不多。

可它真的发生了，而且遇害的人是和花最亲近的沙耶加。

花默默无言地瞪了我一会儿。虽然如此，当她看见我脸色苍白，似乎早没了施暴的气力时，总算稍稍放松了警惕。再加上她意识到翔太郎就在我的身后，这才把悬着的心放了下来。

"地下二层呢？"

"嗯，全都收拾干净了。沙耶加也搬上来了。"

"这样啊，谢谢。"

花重新坐到了椅子上。只见她脱下鞋子抬起脚后跟，抱着膝盖坐了下来。

花的脚尖微微哆嗦着，只见她隔着袜子抚摸着脚，却怎么都止不住震颤。迄今为止并未怎么表现出的恐惧，以沙耶加的死亡为契机，开始像内出血般浮上表面。看着这副样子，我渐渐觉得战栗也会传染到自己身上。

花身后的两台显示器开着电源，她之所以待在机械室，似乎是想通过监控摄像头观察外界的情况。

太阳尚未落山，模糊的地面和两天前别无二致。无论是被枯草和疏木环抱的出入口，还是掩埋于土石之下的紧急出口的影像，全都令人心口一紧，忍不住怀念起地面的空气。

而且，就这样一直盯着影像的话，总觉得有朝一日会看到前来救援的人影。

当然了，这种事并不会发生。影像上只能看见麻雀之类的小鸟扑腾着飞来飞去的身影。

"花，你吃过东西了吗？"

"没，我现在什么都吃不下。"

说着，花从口袋里拿出了袋装软糖。似乎是来这里的路上在便利店买的，一直放着没吃。罐头固然不行，就连这个也无法下咽。

自从沙耶加死后，没吃过饭的并不只有花一个，搞不好每个人都在绝食中度日。毕竟见过那幅光景，想要恢复食欲还需一段时间。

"这种东西看着就难受。"

花一边说着，一边用手指划过软糖的包装。

上边是变形的动物嬉笑玩耍的图案，而画这个的人一定不曾料到自己的作品竟会被一个深陷地下、被水追逼、遭遇凶案的人拿在手里。

我还记得小学的时候，要是身穿动漫角色的衣服，似乎会被老师骂得更惨，在感觉快要挨骂的日子里，我会特地挑选素色的T恤上学。

"不过沙耶加应该也没有那么痛苦吧？虽然很可怕，但应该没持续多长时间，也就一分钟左右——就算被斩首，也是在她死后做的吧。"

花用消极的语气说道。

"嗯，或许是这样。"

踌躇再三，我仍给出了这样的回答。

沙耶加迎来了安详的死亡，怎么想都是不可能的。出其不意地惨遭勒杀的她的濒死一刻，随便想象一下都凄惨无比。

但是在这个地下建筑，在这个明知会有某人死得更为凄惨的地方，沙耶加的死法并不见得是最糟的，她至少不必在缓缓迫近的水里淹死——这或许算得上一种安慰。

我回忆起来到此处的当日聊过的话题——那个讨厌的死法排行榜。

一个古怪的念头骤然浮现出来。难不成凶手是为了不让裕哉和沙耶加在小房间里凄惨地死去，才用了稍微仁慈的方法杀了他俩吗？

当然了，绝不可能有这样荒诞的事情。裕哉和沙耶加并不见得一定会被留在地下，反正那个角色最终还是得由某人承担，凶手绝不会将自己暴露在危险之中，去做这种毫无意义的事情。

"喂，水怎么样了？"

"几分钟前，楼下开始浸水了，之后不穿长靴可能就进不去了。"

"真的吗？唉，也是吧。"

她把头耷拉下来。

"还有四天对吧？"

"嗯。"

"真的不知道凶手是谁吗？"

翔太郎代替我做出了回答："还不清楚，光把嫌疑缩小到几个人身上没有意义，很难指定是谁。"

"这下只剩四天了吧，今后会知道吗？"

"不好说，我没法承诺什么，也有失败的可能。"

对于翔太郎坦率的回答，花报以怨恨的视线。

继矢崎一家之后，说不准她还会怀疑上翔太郎。若按亲疏之别的顺序来怀疑的话，就是这么回事。

少顷，她嘟囔了一声。

"如果就这样找不到凶手，等到四天之后，矢崎家的人又该怎么做呢？"

"什么怎么做？"

"要是这样的话，到时候父母会有一个留在地下吧？因为自己的孩子也困在这里啊，要是不这样的话，孩子也没救了，什么办法都不会有。真到了紧要关头，应该会变成这样对吧——"

花的语气逐渐变成了恳求。

这也是我深藏于心的想法，在时限迫近，找不到凶手而不得不选择一个牺牲者的时候，若有人主动请缨来承担这个角色的话，那就非矢崎隼斗的父母莫属了。若想儿子得救别无他法——两人都有这样的想法，是有可能做出这种选择的。

一旦到了那个时候，我们就得救了。

刚才矢崎便以自己有家人为挡箭牌，主张比起寻找凶手，应该以逃离为先。

与此相对，我们只要以没有家人为挡箭牌，便等同于将矢崎的儿子隼斗挟为人质。而且我们没必要用语言威胁，只要什么都不做，就能迫使他们做出抉择。

在各式各样的电影和漫画中，时常能看到独身的登场人物为了某个爱人或家人不惜牺牲性命的场面，可我们并非身处这般美妙的故事里。

让矢崎家的父母中的一人成为牺牲者——就算抱有这个念头，也绝不能说出口。哪怕是花，也不可能不明白。沙耶加的死和迫近而来的时限，解开了她心中的一道禁锢。

我此刻并无向花传授良知的精力，因此，我对她的问题做了正面的回答：

"或许是这样，但我也不清楚。矢崎一家看起来关系很好，但我们之间毕竟没说过几句话，真到了生死攸关的时候，根本不知道他们究竟会怎么做。如果是普通的父母又会怎样呢？假如是你的父母，到底会怎么做？"

花一度泫然欲泣的表情。

"我爸爸去年就去世了,没跟你说过吗?"

我还是第一次听说。自从大学毕业之后,我已经很久没联系她了。

我似乎说了多余的话。看她的表情,她的父亲想必不惜留在地下也要救出女儿吧。

"对不起,别放在心上。"

倘若是我的父母又会如何呢?大概会把那个角色强塞给对方,搞不好还会引起争吵。然后在没能谈妥的情况下迎来时限。父母已经分居了,自工作以来,我就再也没有见过他们。

花低下了头,我们就这样沉默了片刻。

就在这时,背后传来了脚步声。回头一看,来的人是麻衣。

"咦,原来大家都在这儿啊。"

麻衣一脸意外地说道。她发觉监控的显示器正开着,露出了更加意外的表情。

"怎么了?发生什么事了吗?"

"没什么,还是那样啊,一点都没变。"

花气恼地戳了戳显示器。

"是吗?这样啊。对了,刚才我见到了矢崎家的父亲。"

就似看准时机一般,麻衣恰到好处地抛出了矢崎的话题。花忽然露出了内疚的表情。

"他似乎有事想要找我们商量，怕生出什么误会，所以计划稍后和大家聚一聚，方便吗？"

"知道了，去餐厅行吗？"

翔太郎说道，麻衣点了点头。

拣这个时机是要谈什么事呢？明明花刚才还当着本人的面表示了对矢崎一家的怀疑。

"那就麻烦你们了。对了，有没有人能帮我把这事转告给隆平呢？"

麻衣这般说道，脸上露出了略显尴尬的微笑。

5

地上已是日落西山之时，众人齐聚在了餐厅里。

场面和昨天的午餐会差不多，不同的是今天众人面前并没有罐头。

矢崎沉重地开口道："那个，其实有些内情没能告知各位。这事绝对和案件无关，原本我觉得没必要特地告知。可万一引起怀疑终归不好，还是由我解释一下吧。"

"好的，请讲吧。"

最擅长社交的沙耶加已经不在了，麻衣生硬地给出了回答。

"嗯。我之前不是说过，我们是在采蘑菇的时候在山里迷路了吗？那个其实不太对。

"哦，不，迷路是真事，但我们并不是在采蘑菇。其实我们要找的地方就是这个地下建筑，结果走错了路。天色已经晚了，好不容易找对了方向，没想到遇见了各位，可把我吓了一跳。"

"找的就是这个地下建筑？你的意思是，你们一开始就打算来这里吗？"

"是的。"

花朝我看了一眼。

就在前天，她曾提过这样的说法——矢崎一家可能是出于某种目的来到了这里。貌似猜对了。

麻衣继续问道："这么说来，矢崎先生了解这里的情况吗？"

"不，要说了解就言过其实了，其实并不是这样。"

矢崎含混地说道。

他似乎有些难以启齿，以一种不得要领的口吻开始了讲述：

"各位不是说这处地下建筑有可能是某个新兴宗教团体用的吗？这话恰恰说中了。事情和我的内弟有关，其实是——他迷上了某个莫名其妙的宗教，然后在前段时间失踪了。"

"宗教？什么宗教？"

"这我就不清楚了，反正就是某种末日论吧。好像是什么世界末日将近，必须为了应对这个而修行什么的。

"我内弟阳二加入了这个组织，这事我们本就在犯嘀咕，没想到两年前他彻底断了消息，也不知道是发生了凶案还是什么，所以哪怕报警也不会有用。

"后来，我在阳二的电脑上找到了他的日记，以前一直不知道密码，最近在机缘巧合下打开了，里边就提到了有关这处地下建筑的事，他好像在这里做过不少冥想之类的。

"有关内弟的去向，这是我头一次找到了些许线索。"

矢崎的身体微微前倾。

"所以你才决定来看看这座地下建筑的样子？"

因为没有其他的倾听者，只能由麻衣努力了。翔太郎出乎意料地兴致索然，只是默默地注视着事态发展。

"就是这样，起初我打算就我一个人来，可是妻儿都很担心。或许人多会比较安全，反正隼斗也长大了，和内弟的关系也算不错。我心想只要暗中观察情况，一旦有危险赶紧逃跑就是，于是便三个人一起来了。反正恰逢假期，天气也不坏。

"可是这种理由没法刚见到各位就立刻说出来吧？所以我才说是来采蘑菇的，然后就一直没机会说实话。各位可能会觉得我们可疑。总之，这事和现在发生于这里的凶案没有任何关系。"

矢崎又强调了一遍。

这样的说法倒是可以接受。虽然不大了解所谓末日论的新兴宗教团体，可是名为"方舟"的异样地下建筑本身却添补了几分现实感。在这个地方，存在过这样的集团似乎也并不是什么怪事。

"那么有关这座地下建筑，你来之前究竟了解多少？你读了你内弟的日记吧？"

麻衣提问道。

"不，一点都不了解。日记里只写了'方舟'这个名字，大概的地点，以及要从窨井之类的地方下去的情况。"

"没看过照片什么的吗？"

"内弟没有留下照片，所以我们才迷了路。不然要是在天亮之前到这里，天黑之前赶紧回去，就不会变成现在这个样子了。"

说到最后，矢崎的话明显带上了怨气。

那个宗教团体最终如何了呢？看"方舟"里的情形，简直就像收拾东西连夜逃走一般。是解散了，还是发生了更凄惨的事情？我想起了曾在维基百科上读到过的文章，是关于数十年前由美国邪教组织发起的集体自杀事件的记述。

不管怎么说，虽然到了这里，但这座地下建筑里却不曾留下有关矢崎家亲属失踪事件的任何线索。然而一夜之后，事态就完全超出了这个范畴。看来就是这样。

矢崎对我们五个人说："各位能理解吗？我们并不是为了什么问心有愧的事才来这里的。"

"能理解的，我们也是抱着有趣的心态前来这里的，就可疑的程度来说，我们和矢崎先生也算半斤八两。"

翔太郎总算开了口。

弘子和隼斗似乎把发言权全权委托给幸太郎,一直保持沉默。待解释完毕之后,两人以一副"能接受吗"的表情看向这边,似乎亲人的不幸也是他们的挡箭牌一样。

看到他们的表情,花和隆平似乎有些焦躁。这事虽然挺夸张,但对寻找凶手来说并无助益。这次集会的契机原本就是因为花提出了自己的怀疑,不过看来也只能暂不追究了。

不知为何,担任主持的麻衣似乎有些不自在,唯有翔太郎自始至终面无表情。

我们无法再共处一室了。于是误会暂时解除,集会宣告结束。

即便如此,我仍旧心不在焉地思考着。

前不久还居住于此的人们,深信世界末日即将到来。他们沉溺于修行,幻想唯独自己在末日里生存下来。

在某种意义上,他们是正确的。地下建筑迎来"启示录"的时刻,我们即将迎接最后的审判。但讽刺的是,与《圣经·旧约》里的诺亚传说不同,这回遇到洪水之厄的是"方舟",而这里并不存在救赎。

今后若是遭到上帝抑或其他神明的审判,自己无论如何都难以幸存。矢崎的话只让我感到了毫无意义的不安。

6

到了夜里，我总算恢复了些许食欲。我尽量选了一些气味不浓的水煮蔬菜罐头带回房间，和翔太郎一道吃了起来。

"那个说法到底能不能相信呢？"

"你指的是矢崎一家究竟是不是来找失踪的亲人的？"

"对啊。"

"我认为可以相信。虽然对方拿不出证据，但要是一直怀疑下去，关系只会越来越糟。"

翔太郎果真对此没有兴趣。

无论矢崎一家来此的理由为何，都和杀人案无关，我之前还考虑过这样的情形——裕哉和沙耶加实际上信奉那个新兴宗教，与矢崎家亲属的失踪有关，出于这个缘由，两个人接连遭到杀害——这也太过天方夜谭。

吃完饭后，翔太郎难得坐立不安，在床垫上不自觉地抖着腿，一副踌躇不定的样子。

"翔哥，就没什么可做的了吗？就这样思考下去真的没问题吗？"

裕哉之死并无可探讨的地方，我们唯有闷闷不乐。

然而，沙耶加的死却谜团重重，与昨天相比，情况起了变化，心里有种必须解开谜题的焦躁感。

何况翔太郎虽说一脸烦恼，但貌似并没有表现出不知所措的样子。难不成他掌握了什么足以揭开真相的东西吗？我有了这样的感觉。

"倒也不至于无事可做，不过该怎么办才好呢？"

翔太郎用双手掌心抵着后脑勺，仰面躺在床上。

然后，他突然一跃而起，郑重其事地对我说："柊一，你再把沙耶加一案的谜题全部罗列一遍吧。"

"欸？好吧。"

我一边回想着上午在地下二层的仓库里探讨的内容，一边仔细地将其逐一罗列出来：

1. 案发之前，沙耶加究竟在寻找什么？
2. 杀死沙耶加的凶手究竟是谁？
3. 凶手为何要杀死沙耶加？
4. 凶手为何要把小刀刺进沙耶加的胸口？
5. 凶手为何要割下沙耶加的头？
6. 凶手为何不用地下二层的清洁布，而是甘愿冒着被发现的风险前往地下一层的仓库去取无尘纸？
7. 凶手为何要处理掉沙耶加的行李？

"大概就是这些吧。"

"是呢。"

若将找不到必然性较高的解答的情形列为案件中的谜题，那么就是这七条了。

用这样的列举方法，最初的凶案之谜就能够归纳成两个——"谁杀了裕哉"以及"为什么要杀裕哉"。沙耶加一案令异常性显著增加。

"这个该从哪里开始思考好呢？"

"要说思考的话，事实上我现在就能给出一些问题的答案，大概是柊一所列举的谜题的一半。"

翔太郎干脆地说道。

"什么？你是说谜题已经解开了？"

"有几个，算是吧。"

"可你不是不知道凶手是谁吗？"

"是吧。不然就用不着这样烦恼了。"

翔太郎所见所闻之事，我理应也全都知道。可我却解答不了七个谜题中的任何一个。

"你解出了哪个？完全猜不出来啊。"

"1、3、5、7这四个谜题是联系在一起的。只要解开了一个，其他的也都解开了。"

也就是说，他弄懂了凶手为何要割下沙耶加的头颅。

"话说回来，你知道了沙耶加被杀的理由吗？可你不是不知道裕哉被杀的动机吗？明明不知道第一桩案件的动机，居然解开了第二桩案件的动机吗？"

"也会这样吧，只是碰巧而已。有关动机，说是彻底解开可能有点言过其实，并不是什么毫无纰漏的完美解释，不过总算是大致弄清楚了。那我就按顺序解释下吧。首先要考虑的是第五个谜题，凶手究竟为何要割下沙耶加的头呢？要是搞清楚这个，其他的谜题也就迎刃而解了。柊一，凶手割下受害者的头，一般情况下能想到什么样的理由呢？"

"不是，你说的是一般情况，可斩首本身就很不一般吧？这是古早的推理小说里才有的情节，事实上根本没有这么做的必要。"

"古早的推理小说也无所谓，想到什么就说出来吧。"

就算想到什么就说，也不可能凭空冒出一大堆想法。

"嗯，最开始用这个，是因为凶手想隐瞒受害者的身份吧。比如将受害者和凶手偷梁换柱什么的。但是这个放到现代是行不通的，因为还有 DNA 鉴定。哦，不，在这处地下建筑就和 DNA 鉴定扯不上关系了，可关于死者的身份，还是没法联想到沙耶加以外的人。因为倘若这人不是沙耶加的话，那就说明在这地下还躲着一个和沙耶加体格相同且不曾被我们发现的人吧？然后沙耶加为了不让别人找到自己的藏身之所而把她杀了，这也太胡扯了。"

"没错，不必考虑除了我们还有人潜伏在地下建筑的可能性，这里虽然宽敞，但要是真藏了人还是会被发现的，裕哉君也说过，这里和他第一次来的时候并没有什么改变。"

虽说我早已明白了，不过翔太郎仍强调了一遍。

"那就是还有其他可能性吧？真有这么多吗——对，受害者的头上留下了关于凶手的证据，所以不得不带走吧。不过真会有这样的事吗？难道是杀人的时候扭打在一起，沙耶加的头上沾了口红什么的？可那种东西擦掉就够了吧？又不会被警方调查，而且这时候根本没人会涂口红吧。"

"头上留有证据，这在地下建筑中同样很难想象。毕竟没人会在这种地方化妆。"

"那接下来又是什么呢？总不会是凶手想要受害者的脑袋吧？怎么可能啊？"

哪怕凶手是人体爱好者，想要收集尸体，斩首也绝不属于眼下能做的事情。在这处建筑里，要是凶手把尸体放在身边，就绝对藏不住，也没有带回去的可能。

"重要的是，切断脖颈对凶手而言极其危险，起码要花费十五至二十分钟。在担心会有人随时闯入的状况下，居然把如此多的时间花在了斩首上。

"之前也说过了，在此处被认定为凶手的风险相比地面上要高出很多，动机显然不可能是取乐。在这种情况下斩首，非有其必然性不可。"

"你是说真有具备必然性的答案？"

"有的哟，除了这个我再也想不出了。这个答案并不算难，柊一也应该能发现吧。"

翔太郎目不转睛地看着我的脸。

我从小就时常被他这样提问，可答对的次数基本是零。无论何时，解答的难度往往略高于我头脑的极限，因此这回我早早地喊了出来："不知道，告诉我吧。"

"是吗？那我就说了，为什么凶手非得割下沙耶加的头呢？事实上，在考虑这个问题的时候，有一点切不能忘，那就是沙耶加在遇害之前一直在找东西，而我们并不知道她在找什么。

"此外，这一事实和凶手动机间的关系也很要紧。关于这点，我也在发现尸体的时候稍稍考虑过了。

"可能性有三：一是凶手一心想杀的沙耶加碰巧在找东西；二是凶手想杀死某人的时候，碰巧遇到沙耶加在找东西；三是正因为她在找东西，才不得不把她杀了。

"其中最接近正确答案的是第三条，但在这样的情况下，或许该换一种说法。

"正因为沙耶加在找的那样东西，凶手才必须割下她的头。"

"欸？"

我反问了一声，翔太郎则露出一副"你怎么还没明白"的表情。

可我仍旧觉得越解释，谜题就越难懂。因为在找东西，所以必须斩首。要找的东西就有这么可怕吗？

"她找的是什么？"

"这个嘛，是手机哟。"

"手机？"

"没错，沙耶加的手机算是比较新的吧？虽然没见过她是怎么用手机的，不过应该有人脸识别功能。"

人脸识别？

听到这话，我感觉笼罩在头脑中的迷雾骤然散去。

"这么说来，沙耶加是在使用人脸识别。"

"是吗？那就错不了了，也就是说，理应是发生了这样的事情——沙耶加的手机里想必保存着不利于凶手的信息吧，而且沙耶加本人大概也没意识到这点，不过随时都有可能发觉。

"对于凶手而言，必须尽快将她杀死，然后就在昨晚，机会来了。

"沙耶加独自一人在找东西，正是绝佳的机会，若非如此，想在这处地下建筑中杀人可谓困难重重。

"凶手顺利地在地下二层勒死了沙耶加，却不料她的手机不见了。沙耶加不知为何弄丢了手机。她正是为了找手机，才会在地下建筑里徘徊吧。

"如此一来，凶手就遇到了棘手的状况。本以为只要把她杀了，把手机处理掉就行，不承想手机遗失在地下建筑的某个角落里。

"倘使找到了手机，利用尸体的头部进行人脸识别，就有可能成功解锁。"

"所以凶手才要割下沙耶加的头吗？"

"就是这么回事。"

翔太郎毫无感情地说道。

为了让丢失的手机没法解锁——除此之外，在这样的地下建筑里，再也想不出凶手必须割下受害者头颅的理由了。

"那么凶手为什么要处理掉沙耶加的行李呢？"

"那是因为不想让人发觉沙耶加的随身物品中唯有手机遗失了吧。要是尸体没了头，又没了手机的话，这两个事实就容易被人联系起来，有可能推测出受害者的手上有对凶手不利的证据。凶手就是为了规避这个吧。对他而言处理行李并没有多少风险。"

沙耶加所用的房间就在楼梯附近，不必太担心会被人看见。

正如翔太郎所言，第二桩凶案的谜题被解开了一半以上。

然而他却并无半分乐观之色，那是因为重要的情形仍旧一无所知。凶手是谁才是最重要的，只要知道了这点，斩首的真相便无所谓了。

"沙耶加的手上握有什么对凶手不利的证据吗？"

"没错，这才是问题所在，我之所以说动机尚未完全明确，就是因为不知道这个。因为这是即便杀了沙耶加并将其斩首也必须隐瞒的信息。不过多少也能推测出来，在这种时候，要是说真有什么数据是绝不能被人看到的，首先便是关联第一起凶案的数据吧。"

"也就是说，裕哉遇害的证据就留在沙耶加的手机里吗？"

"大概是吧。"

"可是沙耶加本人并未意识到自己手上有证据吧，真会有这样的事吗？"

在所有人都想找出凶手之际，沙耶加又怎么可能浑然不觉地带着证据到处走呢？

"没错。不过沙耶加不是经常拍照吗？说不定其中就有足以指认凶手的线索。"

"这样吗？也就是说，她并没有意识到自己拍下的照片会成为凶杀案的证据——如果真是这样，未免也太可惜了吧？"

翔太郎苦着脸说："如果真是这样，那可真是痛心疾首，要是沙耶加把照片拿给我看，说不定就能轻易查明凶手是谁了。"

话虽如此，沙耶加拍的照片都只是些不经意间的抓拍，要是其中隐藏了重大证据，就算没发现也是无法苛责的。

"总而言之，凶手不愿被人看到的证据究竟是什么，再怎么想也不可能有答案。至于凶手是怎么发现这东西存在沙耶加的手机里也不得而知，毕竟我们没能充分掌握他的行动。最终仍被凶手抢先一步。不过眼下或许有能做的事了哟。"

"能做的事？什么？"

"总而言之，首要任务便是在地下建筑里找到沙耶加的手机，要是没了这个，一切都无从谈起。"

凶手正是因为找不到手机，才特地斩下了沙耶加的头。去找找看的话，是有可能在某个地方找到的。

"所以我想先向柊一打听一下，有谁知道沙耶加手机的密码吗？"

"不，这个嘛——没人知道吧？大概就连花也不知道。"

要是无法使用人脸识别，就必须通过密码解锁。可通常绝少有人会特地把自己的手机密码告诉别人，多数时候就连家人之间也互不知晓。

"这样啊，那就没办法了。"

说起来，我们一直没查看过裕哉的手机，手机就这样一直放在尸体的口袋里。

他的手机是旧款，用不了人脸识别，指纹识别似乎也坏掉了。我记得每次都要输入六位数字的密码。

裕哉是在地震后突然遇害的，从他的手机里应该找不到凶案的线索，因此我们也没特意调查。而且就算有线索，凶手也不必担心，反正手机没法解锁。

"瞎猜乱试的办法倒也不是不行。哦，不过手机设定错的次数多了可能就会格式化，裕哉之前提到过这个。"

"总比什么都不做要好。但这方法也没法抱太大指望，还有就是——"

翔太郎盘腿坐在床垫上抱着胳膊，然后一脸可疑地朝我看了过来。

"倒是还有个馊主意，只不过做了未必就强过不做。"

"什么？"

好久没在日语里听到"馊"这个词了。

"潜入地下三层，取回沙耶加的头。"

"那可真是——够馊的。"

这是一个单纯得吓人，同时能预见其困难的办法。

"要怎么潜进去？"

"关于这点，柊一可能比我清楚，你是有潜水证的吧？"

"啊——是啊。"

大学时代，社团的人一起考取了潜水证，可从那以后就只潜过寥寥数次，远远谈不上经验丰富。

"地下二层的储藏室里有潜水器材吧？气瓶里姑且还有点空气，可是没有背气瓶所用的器具，对吧？"

"嗯，是这样。"

我和沙耶加曾一起确认过潜水器材。

"比方说，我们可以对登山包做些改动，改成用来背气瓶的器具，这样如何？你觉得有没有可能用它替代背架完成潜水呢？"

"要说可不可能的话，应该还是行的——"

要点是确保气瓶固定于背部，以免移位或松脱。我的背包装不下气瓶，但可以用编起来的绳子和橡胶管把气瓶背在背上。

"不过想做背架似乎很不容易，得花大量的时间——哦，对，有办法使用裕哉的背包吗？说不定能把气瓶直接塞进去。这样的话，要是从外边一圈圈地将其绑紧，就可以轻松改成背架了，虽然佩戴感不会很好。还有照明也是必需的，这就只能靠可防水的手机将就下了。"

地下三层的地板上散落着混凝土块和钢筋，还有可能要在水下开门，照明是必需的。为了不让气瓶松脱，一定要有能将其牢牢背负的背架，让两只手都能自由活动。

"原来如此，你的意思是，潜水这事应该是可行的吧。"

听翔太郎这么一讲，我顿时慌了神：

"不不，说得这么轻巧可不行啊，潜水的时候，一般还要穿一种被称作BC的利用浮力稳定背心的东西。现在就只能靠背架、气瓶和呼吸调节器来潜水对吧？如果只是在地上走走倒还好说，一旦想要调节重力之类，貌似就很困难了——"

没错，配重也是很重要的，必须找到恰好用来下潜的东西，将其绑在身上才行。

"在地下三层漆黑的水里，能不能顺利四处移动寻找东西都很难说，哪怕勉强能走，搞砸了的话，说不定会弄出意外把我害死。水里也很冷，搞不好只有十几摄氏度？既没有潜水服也没有替换衣服，相当棘手啊。何况那个气瓶里也只剩下三分之一的空气了吧？真要去找的话，恐怕不会有多少富余。"

倘若沙耶加的头真被丢弃在那间工具室的正下方，那么将其取回或许还有可能，但如果被丢在更靠里的地方，就有可能因空气不够而有去无回。一想到必须翻越地下三层的建筑物，那个气瓶就令人不安心。

翔太郎领会似的点了点头，可我列举的尽是些不想潜水的理由，属于无伤大体的那一类。

倘若非得去，潜水本身倒也不是不行。可是——一想到被沉入地下三层的沙耶加的面孔，我就提不起勇气。必须在水中四处游动，找到苍白的头颅，再单手抱着它回到水面，即便撇开技术层面的因素，这也太过悲壮、太过英勇了，我实在不认为自己能够做到。

话说回来，就算把沙耶加的头带回来，真能用它解锁手机吗？

头颅的状态真的还能被识别为沙耶加吗？

"对，还有保存状态的问题。凶手有可能已经把沙耶加的脸弄得无法辨认了吧。如果凶手认为头颅有可能被人从地下三层取回，就必须这么做。如果只是单纯想让人脸识别失效，那也用不着斩首，直接用刀把脸划花即可。可凶手并不想让我们发觉沙耶加的手机里藏有重要数据的事实，所以才割下了头，这和处理行李的理由是一样的。"

"是吗？还有这种可能性啊——"

倘若凶手真的要毫无保留地隐藏证据的话，理应也会划花沙耶加的脸。

"不过我也在怀疑凶手能否做到这点。相比斩首，还是毁容更让人不适吧？"

"有道理，至于哪个更惹人不适，就因人而异了。不过凶手或许正是不愿划花沙耶加的脸，才用上了斩首的手段。这样一来，沙耶加的脸就不会有伤痕了。"

究竟有没有冒着风险去地下三层取回头颅的价值呢？

"还是下去比较好？如果是潜水方面，应该还有比我更擅长的人吧。"

其他的社团成员理应比我更热衷于潜水。

"不，关于沙耶加手机的推理，除了柊一，我并不打算对外披露，要说能拜托的人，那就只有你了。"

"是吗？没法任意拜托别人吗？"

在不明就里的状况下，有可能把寻找头颅的事拜托到凶手头上，如此一来，潜下水的凶手便能假装没有找到目标。

"我不想让柊一去潜水，我并不觉得这是什么好主意，也没有要你现在就下定必死的决心。顺便提一嘴，有些事情确实是做了总比不做要好，比如说去找沙耶加的手机。"

"嗯，是啊。"

不管该不该潜水，那都是找到沙耶加的手机以后的事。只要能找到手机，或许就能奇迹般地解锁，查看里边的数据。

翔太郎掸了掸大腿，从灰尘遍布的床垫上站了起来。

"好了，让我们先去找手机吧，虽然没法抱太大的期待，但还是尽快尽早行动为妙。"

如果手机被凶手找到，自然会被处理掉。何况地下二层正在积水。于是我跟在翔太郎的身后出了房间。

我们穿上长靴，下了楼梯，朝着地下二层进发。

地下二层的水已经积了六七厘米，恐怕只需再过一日，仅凭长靴就无法进出了。

我们在幽暗的走廊里哗啦哗啦地向前行，来到了小房间的铁门前，然后从这里开始，按顺序逐一搜索房间。

"这很费时间，我们分头找吧。"

"嗯。"

我们决定在走廊左侧和右侧分头行动，依次搜查每一个房间，四处寻找沙耶加是否不慎把手机落在某处的货架上。

凭借着日光灯俯视脚下，水面异常污浊，积在地下二层地板上的巨量灰尘、苍蝇、蟑螂，乃至于老鼠的尸体全都漂浮在水面上。我将这些东西都踢到货架底下的缝隙里，可只要稍微掀起一点浪，它们就会自那里漂出来，缠绕在我的脚边。

一人独处之际，从背后被人掐住脖子杀死的想象掠过了我的脑海。

待冷静下来，就觉得如今凶手已不可能继续杀人，何况这里积了水，一旦有人靠近马上就会暴露。尽管如此，我还是注意不离翔太郎太远，为的是一旦叫出声来，他能立刻听到。

搜查完地下二层之后，我脱下长靴上了楼梯，继续在地下一层找了一圈，可哪儿都看不见沙耶加的手机。

"到哪儿去了呢？是掉在什么非常难找的地方了吗？"

我们只找了一眼就能看清楚的地方，若要将货架后边和收纳箱里边全都翻一遍，时间实在不够，更何况沙耶加也不可能把手机忘在这种地方。

可是就连沙耶加本人，昨晚也在地下建筑中四处寻找了相当长的时间，手机大抵是掉在了某个不易找到的地方，又或者凶手抢先一步找到手机，已将其处理掉了也未可知。

"罢了,今天就找到这里吧。"

翔太郎拍拍我的肩膀,说了这样的话。

我们回房准备睡觉,翔太郎又翻弄起了裕哉的背包,或许是疲劳过度的缘故,他摆弄了一会儿,很快就睡了过去。

可我怎么都无法入眠。

沙耶加的死相,以及漂浮在黑暗中的头颅的影像在眼睑背面不停闪现,再加上没能寻获手机的不甘萦绕于心,久久不愿散去。

我试着戴上耳机,直至昨天为止还能静下心来欣赏的音乐,如今却再也听不下去了。无论是作曲家、演奏者还是歌手,此时此刻的处境,至少比眼下的我们要优越得多。

我翻着手机,从下载好的音乐中选了一首十九岁自杀离世的美国音乐人的歌曲,将其设为循环播放,然后合上了眼睛,任由略带惊悚的迷幻民谣填满我的脑海。

又过了大约一个小时,我终于有了一些睡意。

1

我起身看了眼手机,时间已经到了上午十点。

这一夜,我竟分不清自己是入眠还是醒着,昨日看到的阴惨景象轮番在脑内放映,直叫人分辨不出究竟是回忆还是梦境。

不知不觉日期更替，到了尚不能称为早上的时间，好歹算是睡了过去。

我望向旁边，翔太郎并不在。

他是去厕所、去吃饭还是去检查水位了呢？倘若是普通的旅行，即便被留在房间也没什么可抱怨的，但此刻心中深感不安。

我只觉得腹中空空，毕竟昨天吃得不多。

我走出房间前往餐厅，翔太郎已经在那里了，看样子他刚吃完早饭。

"哦？起床了吗？我还想继续找找看，你也小心点。"

翔太郎和我擦肩而过，就这样离开了餐厅。

我独自一人吃了和昨天一样的水煮鱼罐头。

地下建筑虽无昼夜之别，但手机上显示的时间是上午，总给人一种安心之感。相比夜里，孤身一人也不害怕。

吃完饭，我踏上了走廊。

应该去帮忙找手机吗？我在地下一层盘桓了片刻。

途中没遇到任何人，不过各个房间都传出了人的气息，大家似乎都起来了。

突然间，我发觉地下二层传来了响动和说话声。虽然听不清具体内容，不过感觉像是工地上的那种此起彼伏简单明了的对话，有种即将开工的迹象。

又过了片刻，我意识到声音的主人是矢崎一家三口。

他们在做什么呢？隐隐有种出事的预感。联想到他们之前的态度，就觉得这些人哪怕一心胡来也毫不奇怪。

去瞧瞧情况吧。我向着楼梯走去。

穿过走廊，只见楼梯跟前有个人影。那人和我一样，正打算下到地下二层。

"咦？麻衣？"

"哇！"

刚把脚踏上第一段台阶的麻衣紧紧攥着栏杆，一脸惊恐地回过头来。她意识到背后的人是我，这才解除了身体的僵硬。

"柊一君？下面好像在做什么，我正在想究竟是怎么了——"

"对对，那边是矢崎一家子吧？"

我和麻衣一前一后走下狭窄的楼梯。

地下二层的水量比我想象的还要高。我们穿上长靴，试着把脚踏在走廊上，可刚开始走，水就灌进了长靴里。

没办法，我们只得打着赤脚，把裤脚挽到膝盖，再将双脚浸入冰冷的水里。

矢崎一家的声音正是从设置了卷扬机的小房间里传出来的。

走廊有些昏暗，我将手机的灯光举到头上，往里边进发，荧光灯还亮着，所以即便不用手机也并非不能行走，可因为光着脚，脚底总有些不安。

麻衣将身体凑近打着手机灯光的我，两人缓缓地朝走廊深处走去。

不多时，小小的铁门前出现了矢崎一家三口的身影。

弘子和隼斗和我们一样，两人也把裤脚卷了起来。隼斗大概是跌了一跤，全身都湿透了。幸太郎穿着仅有一件的钓鱼用涉水裤。

三人将一根类似晒衣杆的东西插进铁门内部，每个人都是一副汗流浃背的样子。

"什么事？"

注意到我俩之后，弘子问道。

"没什么，我们只是听到了声音，过来看看情况。"

我如实作答。弘子就只是"哦"了一声，便不再理会我们了。

浑身湿透的隼斗向我们投以嫌恶的眼神，一家子在做的事被人瞧见，似乎令他相当不爽。

矢崎一家并未做出任何解释，可他们要做的事一望便知。他们正用一根长棍充当火车轮子上的连杆，试图在不进房间的情况下转动卷扬机。

"喂，隼斗，再往里推一下试试。"

"推了。"

隼斗抗议般地应了一句。

"那么换个角度吧，弘子，你也过来——"

抱着长棍的三人向右侧移动了一步，然后使劲转动绑在另一头的卷扬机摇柄。

"哎呀——"

三人失去平衡，一起摔了个屁股蹲。

他们手里拿着的棍子被无情地折弯了。仔细一看，原来是把三根铝管用铁丝绑在一起，接成大约相当于晾衣竿的长度。铁丝一松，管子便七零八落了。

这方法显然难以奏效，因为长棍会变形，力量无法传递。哪怕真有一根足够长、强度也足够大的棍子，不用绑铁丝就能抵达卷扬机的位置，想在这个位置操作长棍让大石落下也是千难万难。

然而矢崎一家三口却是认真的。就在昨天，翔太郎向他们提出了挑战，要求他们找出不用把人留在地下的逃脱之法。就连这种不靠谱的办法，他们也忍不住想要尝试。

我再度看向卷扬机所在的小房间，不禁切身体会到根本不存在这样的方法。

我也不是没有想过，比方说，用绳索把巨岩捆住，从小房间的外侧将其拽下来如何呢？可绳索正好卡在铁门边缘，恐怕难以如愿，况且也没什么办法能把绳子紧紧地套在头顶的巨岩上。

又或者，在岩石落下的位置，放置一个"匚"字形的台子，然后安排一个人在小房间里操作卷扬机，令巨岩落在台子上，如此一来，里边的人就能从"匚"字形的台子下钻过去，自小房间里脱身，最后，从铁门外边破坏台子，令巨岩完全落下。

该方法由于无法找到足以承受巨岩重量的台子遭到否决，地下建筑内的木制椅子和桌子已开始腐烂，也没有办法加工钢制货架，更何况这些东西的强度也不够吧。

最为可行的办法就是用原木搭建一个坚固的底座，然后让巨岩落在上边，然后在底座上浇油放火，当然了，这里根本找不到那样的材料，而且地下二层已经开始积水，哪怕想做也不可能了。

到了最后，余下的唯有矢崎一家正在实施的那种希望渺茫的办法。

而他们正为这样的办法煞费苦心。

看到矢崎一家的样子，我也不得不承认，他们的悲怆与我们完全不同。我只是害怕自己无法自地下建筑脱身，而他们所害怕的乃是从这里逃脱时会少了某个家人。

昨天矢崎提出的逃脱应优先于寻凶的主张，此刻的我完全可以理解，可不用牺牲的办法是不存在的——这样的事实并无改变。

矢崎将铝管扔在地板上，踏着水面独自走进了小房间。

"可恶!这个真能转得动吗?要是石头掉不下来,做什么都是没用的——"

说着,他将手搭在了卷扬机的摇柄上。

"啊!"

身旁的麻衣轻轻倒吸了一口凉气。

耳边传来了咔嚓咔嚓的声音,巨岩嘎吱作响。

矢崎立刻停住了手,可他始终不曾放开摇柄,而是暂时维持着那个姿势僵在原地。从他盯向斜上方的巨岩的眼神,可以看出他已在精神上被逼入了绝境。

他会不会再度转动摇柄呢——我有了这样的想法。

就在此刻,我的心底萌生了邪恶的祈祷,难不成矢崎真想就这样把巨岩拽下来吗?虽然可能性微乎其微,但巨岩在坠落的过程中说不定会卡在铁门和地板之间,令他有机会逃出生天。他是在赌这样的可能性吗?倘若如此,说不定在下个瞬间,矢崎就会留在地下,而我们则获得解放。

果不其然,矢崎再度用力握住了摇柄。

沉闷的声音再度响起,这一回,巨岩似乎向下滑落了少许。

"爸爸!停下!"

"不要不要不要!"

弘子和隼斗惊叫起来。

一听到那个声音,我就将邪恶的期待抛诸脑后,然后和麻衣一起高喊：

"危险！"

"住手！会被关进去的！"

矢崎的手终于停了下来。

他原本是打算试试手感吧。听到我们的喊声，矢崎似乎回过神来，把手从摇柄上挪开。

弘子招手让他快点出来，矢崎则摇摇晃晃地穿过铁门，回到了走廊上。

"要是没人转这个，我们就没法离开这里。"

他以谵言般的语气，道出了早就摆明的事情。

矢崎家的三人一副涕泪欲下的表情，拾起了掉到水里的铝管，迈着残兵败将般的步伐，开始往走廊的楼梯方向折返。

在和我们擦肩而过之际，三人将目光投向这边，朝我们打了招呼，其中似乎带有些许敌意。

我打算就这样目送他们离开，但麻衣并未沉默：

"矢崎先生，我很理解你的不安，但绝对不可以胡来。因为时间还是有的——"

"可是凶手根本找不到吧？"

矢崎低吼似的说道。随后他带着两个家人回到了地下一层。

被剩在这里的我俩不禁面面相觑。

然后，麻衣将手搭在铁门的上框，探过上半身，检查了悬在天花板上的巨岩的情况。

"如何?"

"稍微下来了一点吧。柊一君也要来看看吗?"

我接替麻衣,把上半身探入小房间,伸手摸了摸巨岩。

正如她所言,经矢崎之手,巨岩似乎朝小房间坠落了少许,不过即便用单手摇晃,也没有一丝松动的迹象。

"虽然是有些移动,但就这么放着也不会自己掉下来吧?不然倒也刚好。"

"嗯,感觉掉不下来。"

本以为因为矢崎的举动,巨岩会在自重的作用下往下滑落。但上去摸了一把后,似乎并没有这样的迹象。若想将岩石拽下来,还需要加大力道。

明白了这点之后,我的内心便为不知是安心还是沮丧的感情填满了。

矢崎转动摇柄的一瞬,我突觉一阵恐惧,就像汽车即将在眼前相撞一样。只要他把石头拽下来,我们就得救了——忘了这个吧,太危险了。我在内心如此疾呼。

最终,事故并没有发生,而我也未如愿脱身——

麻衣貌似也从紧张中解脱出来,脸上浮现出一抹微笑。

"回去吧。"

言毕,她轻轻地握住了我的胳膊。

回到楼梯处，只见矢崎穿过的涉水裤已被粗暴地丢在了地上，从湿透的三人身上滴落下来的水迹就这样一直延伸到楼上。

我们稍微上了几段楼梯，空手抹掉了脚上的水。

"要是带条毛巾来就好了。"

麻衣的语气显得波澜不惊，她似乎想说些无足轻重且和此刻的境遇无关的话。

我正打算将濡湿的脚套进鞋子时，楼梯上方出现了一个人影。

我和麻衣一同抬起了头，朝这边俯视过来的人正是隆平。

"你们在做什么？"

他的声音出乎意料地平静，却蕴含着微妙的躁动，显然是在压抑着自己的情绪。

麻衣冷冰冰地应道："我就是下去看看情况，结果碰巧遇见了柊一君。"

一切都是事实，可正待穿鞋的我和麻衣实在靠得太近，在互相之间的怀疑进一步加深的当下，这无疑显得更不自然。

荧光灯的光在隆平身后摇曳不定，逆光中看不清他的表情。

"碰巧什么？"

"就是碰巧听到了矢崎一家的声音，对吧？我和柊一都在想会不会出事，便下来查看情况，有什么可奇怪的？"

隆平斟酌言辞，踌躇了片刻。

"别说这些莫名其妙的话装傻充愣了。"

他小声地说道。

麻衣并未答复，又过了片刻，隆平掉转了矛头：

"喂，矢崎一家在干什么？这家人怎么会湿成这样？他们是在卷扬机那里做什么吧？"

"既然知道这个，想必你大体上有数了吧。他们一家子在想尽办法把石头弄下来，话说装傻充愣的是你才对吧。我们大喊大叫你也听到了吧？更何况那块石头动了一下，震动也传过来了吧？怎么可能什么都没发现呢？你肯定知道矢崎先生当时差点就大祸临头了，对不对？"

"你在说什么？"

"就是说，你明明知道矢崎他们在做什么，也听到了惨叫声吧？你却不肯下来，这究竟是为什么呢？"

隆平一时语塞。而我立刻就理解了麻衣的话。

矢崎一家在想尽办法拽下巨岩，谋划脱身的事情，早已通过响动在地下建筑里传开了。隆平肯定也知道危险即将降临，而他却对此置若罔闻，究竟是出于什么理由呢？

要是矢崎一家中有人被困在地下，其他人或许就能逃脱——他真的完全没往这方面想吗？

"什么啊？你这是在故意找碴。你说我不对劲，可其他人也没特地跑去查看情况吧？下去的人不是只有你们两个吗？"

"先找碴的人是你，我也没责怪你的意思。总之只有我和柊一君担心矢崎一家，就过去看看他们的情况，仅此而已。"

言毕，麻衣便将视线从隆平身上移开，重新系紧了刚系了一半的鞋带。

隆平哼了一声，正待离去，可他似乎还是忍不住抛出了这个问题——

"那石头呢？有什么办法吗？"

"没，只是稍稍动了一点。"

听完麻衣冷淡的答复，隆平转身离开，不知走到哪里去了。

即便穿完鞋子，我和麻衣还是不想上到地下一层。

我俩肩并肩坐在狭窄的楼梯上。水滴渗入臀部，顿感一阵寒意。两人俯视着浸入水中的昏暗走廊，却好似眺望绝境一般。

"我想问柊一君一件事情。"

麻衣用低沉的声音说道。

"什么？"

"要是我们能平安离开这里，今后会如何呢？还能正常生活吗？还能像之前那样朝九晚五地上班吗？"

在她说出口之前，我几乎不曾思考过这事。虽说并非完全没往这方面想，但也没足够的精力去琢磨这个。

"总之,能活着回去就好了吧?办法总会有的。在山上或者海里遇过难的人多得很,是有可能产生心理创伤,不过这些人的生活基本上还过得去吧。"

话虽如此,但我们陷入的并非寻常的遇难,还卷进了凶杀案。麻衣忧郁地低下了头。

"我在想,刚才矢崎先生拉动卷扬机,差点要被关进那个小房间了吧?要是我们因此得救,世人也没法苛责是吧?指斥我们对矢崎先生见死不救,这种说法是没有道理的。可是如果人们知道是我们凭借自己的力量找到凶手,然后决定把他留在地下,或许就要狠狠地抨击我们了。"

"是吗?怎么说呢——"

我仔细思考着她说的话。

倘若我们得以生还,这件事必将成为热门新闻。要是人们知道我们把杀人凶手抛在地下才得以逃脱,各种的臆测势必会纷至沓来。

凶手真的同意自我牺牲吗?是否被人强迫?是否遭到私刑?他真的是杀人凶手吗?是否把无辜者认作了凶手?

这并不一定是臆测。今后对无辜者施以私刑,强迫对方转动卷扬机之类的事情,我也无法断言不会发生。

"所以放任矢崎先生不幸触发事故,应该是正常的操作吧。并不能说是暴露出人性的丑陋。而且要是刚才矢崎先生真的不小心拽下了石头，我们终究也做不了什么。"

"嗯——或许是吧。"

矢崎先生被困在地下，自己或许就能逃出生天——我的心底也曾藏有这般希冀。可在矢崎先生转动卷扬机的那一瞬，我还是忍不住期盼他平安无事，这绝非谎言。

"矢崎先生他们一定也放弃了吧？我们果然只剩找出凶手这一条路了。"

"是啊，就是不知道世人会怎么看——"

能让我们勉强接受的办法也就只剩这个了，不过这事在麻衣心中似乎依旧没法释怀。

"也就是说，把我们里边最坏的那个人牺牲掉。可要是找到了凶手，那个人主动提议要为大家牺牲，那他真的是最坏的人吗？"

"怎么说呢？"

要是真发生了这种事，那么凶手便能救下余下七人的性命，而我们则救不了任何人。

"或者说并非如此，凶手明明表示不想死，而我们却强迫他转动卷扬机，那不就等同于是我们杀死了凶手吗？这里的所有人都会变成杀人犯。"

"那倒也是。"

我们七个人一同杀了凶手，虽说不这么做的话所有人都会死,但无疑是谋杀。

到了那时,我们只杀了七分之一的人,而凶手杀了两人,因此让凶手死亡是正确的——总觉得很奇怪,这样计算真的是正确的吗?

麻衣无力地笑了笑。

"你也知道我是在强词夺理吧。因为这些凶案的凶手一旦被发现就会被判死刑吧?要是不献出自己的性命去救大家,那就意味着又会多死一人。可我就是想知道,不想成为杀人犯的话,是不是必须主动站出来转动卷扬机呢?"

相比以往的交谈,她显得饶舌了不少。在这样的地下,没有可以说话的对象实在是太痛苦了。

"麻衣,遇到这种事情,你不会主动站出来吧?"

"不会吧。明明连凶手是谁都不知道,却搭上了性命,真不知道有什么意义。当然了,想决定让谁留在地下,根本不存在完美的方法。柊一君,你有没有想过,在这种时候,正常情况下你会怎么做呢?"

正常?

在这处唯有异常的地下空间里,所谓的正常又是什么?

"哦,我并不是说被关在地下。对了,你有没有听说过警方会派单身的警察去执行危险的任务呢?"

"嗯,有所耳闻。"

我不仅知道，甚至还考虑过一些类似的情形。在杜撰的作品中，单身的人会为了有家庭的人牺牲自己。听完麻衣的话后，这般想法曾在我的脑海中一闪而过。

"意思就是悲伤的人越少越好吧？可在我看来，这就意味着那些不被爱的人，相比被爱的人更没有活着的价值吧。"

麻衣寂寞地说道。

"电影里也有这样的场面吧，一个即将被杀的人，会以自己有恋人或家人为由乞求活命。要是没有家人或恋人的话，就活该被杀吗？即便世上的人皆有人权，若非要从中选出一个牺牲者，岂不是意味着最不被爱的人就会被选中？

"我觉得这就像一场死亡游戏，你知道死亡游戏吧？智慧或体能不如他人的人会被淘汰。不被爱的人就必须死，这岂不是和死亡游戏一样残酷吗？

"还有在防灾宣传的活动里，经常会听到'为了守护你珍爱的人'这类话是吧？而且还会翻来覆去地强调，就像认为这世上的人都有珍爱的人似的。"

她的言语刺痛了我的内心。

倘若自己死于"方舟"，我的家人又会如何呢？他们会为我居然死在这种地方而感到不知所措，也有可能会对我怀有一丝愧疚，然后逐渐将我遗忘。

假使被关在这处地下建筑的人都带着家人、恋人，唯独我孑然一身，那又会如何呢？正如麻衣所言，针对不被爱的人的死亡游戏或许已经开场，应该去死的，是那些即便殒命于此也不会被人哀悼的人——大家都会这么想吧，说不定连我自己都认命了，我将是那个转动卷扬机的人。

"抛下心爱的人而死的人，和不被人爱而死的人，究竟哪边更不幸，并不是可以由别人决定的事吧？"

麻衣一边说着，一边将左手重叠在了我的右手之上。

我颤声说道："不被任何人所爱的人指的是谁？是麻衣，还是我？"

"怎么说呢？我不知道哟。"

"不过麻衣结婚了吧，你和我不一样。"

"这婚跟没结一样。这种事情你已经听我说过好几遍了吧？"

麻衣依偎在我的身上。

"如果矢崎先生死掉就好了，柊一君并不这么认为是吧？"

"不光是我，麻衣也是。"

她静静地笑了笑。

近距离看过去，麻衣的脸当然没有化妆，皮肤也很粗糙，却有种与历经风雪的石像相仿的美感。

由于没有换洗衣服，也没法冲洗身体，因此我和麻衣的体味都很重。把脸凑在一起时，彼此都能看见对方的苦笑。

我吻上了麻衣那干裂的嘴唇。

而这只持续了区区数秒，然后她以告白的声音嘟囔出了一句羞耻的话：

"无论如何，我都想活着回去。"

"是啊。"

陶醉之感过了好久才逐渐消失，在这之后，我们终于站起身来。

我和麻衣走上楼梯，来到了地下一层。

"回见。"

"嗯。"

我们低声道别，然后沿着走廊去往各自的房间。

8

回到房间，我没看到翔太郎的身影。难不成他还在继续寻找沙耶加的手机吗？

需要去帮忙吗？我身上仍旧残留着满足感，一边回味着刚才的一瞬，一边仰面躺倒在床垫上。

简直不敢相信地下建筑中居然会存在着这样的幸福。倘若是在地面上，这样的幸福已然为我的伦理观所不允。

我精神恍惚地合上了眼睛，然后什么都不去做，任凭时间流逝。

大约过了一个小时，门突兀地打开，把我吓得一跃而起。

站在门口的人是翔太郎。

"柊一，你怎么了，睡着了吗？"

"啊，翔哥。"

我只觉得问心有愧，暂时不想和他提麻衣的事。

不过翔太郎并不在意我内心的纠葛，只见他毫无顾忌地走进房间，靠近坐在床垫上的我，一把抓住了我的手臂。

"不好意思，现在就跟我来一趟吧，有样东西想给你看看。"

"什么？"

"沙耶加的手机找到了哟。"

"手机？在哪儿？"

翔太郎并未回答，而是硬拽着我离开了房间。

我俩下了楼梯，来到了地下二层，像刚才那样挽起裤脚，把脚浸没在水中。

"这边。"

翔太郎指了指与铁门相反一侧的走廊。

又走了片刻，他在215号房门前停下了脚步。

"这里？"

"没错。"

这正是我们昨天搜索过的仓库。

翔太郎把门打开,指了指放在货架下层的一个深蓝色的马口铁工具箱。

这是收纳电工工具的箱子,三角形的盖子几乎被水淹没了。

看到盖子上边的东西,我大叫了一声:"啊!原来在这个地方。"

包裹着深蓝色牛仔布外壳的手机就在此处,由于躺在三角形的盖子上,手机的一半已然浸在了水里。

翔太郎将手机捏了起来。

"仔细一想,手机放在这里是很自然的事情。沙耶加用过的绝缘胶带就收在这个工具箱里,大概她来取胶带的时候,一不小心把手机落在箱子上了吧。"

"所以就这样忘在这儿了——"

"对,不过颜色还是挺像的。"

我对比着工具箱和手机,牛仔布的手机外壳也好,喷漆的工具箱也好,全都是暗淡的深蓝色。

"沙耶加不小心放在这里,来找的时候也看漏了吧?"

"对啊。前不久柊一到处嚷嚷着搞丢了钱包,结果还是和平常一样放在包里,是吧?"

"哦哦,嗯,是有这样的事。"

事情的经过是我看漏了黑色商务包里的黑色钱包,还以为搞丢了。这似乎是寻常的失误。

翔太郎将手机翻转过来，指着边缘上的一个红褐色的小斑点：

"这应该是墨西哥辣肉酱的污渍吧，就是沙耶加最后吃的那个，而且已经沾到工具箱上了，虽然只有一点点，瞧。"

我依言看向工具箱的盖子，上面确实沾上了些许污斑。

"手机一定是在污斑变干之前被放在这里的，这下沙耶加遇害前的行动就搞清楚了。和我想的一样，现在证据已经有了。"

也就是说，前天晚上沙耶加的行动轨迹是这样的——

她在自己的房间里享用作为晚餐的墨西哥辣肉酱时，一不小心打破了杯子。为了清理碎片，她来到这间仓库取走了绝缘胶带，就在这时不慎把手机落在了此处。

清理完碎渣后，沙耶加发觉手机不见了，而且不记得丢在了哪里，于是便在地下建筑中四处寻找，然后遭了毒手。

"那么手机呢？还能用吗？"

我问及了至关重要的问题。

"不行，按了物理按键也没什么反应，可能只是电池没电，不过也有可能是被水浸泡坏了，这手机似乎没有防水功能。"

我渐渐地有了一种被训斥的感觉。

昨晚负责搜寻这个仓库的人就是我。而在那个时候，手机还没有被水淹到，要是我没看漏，就能在它泡坏前将其回收。

"我是真没想到会在这种地方,要是再仔细找找的话——"

"事到如今也无法可想了吧。好吧,就连失主本人都看漏了,所以才找了这么久。我也太大意了,应该早点想到有可能在这儿,这里才是最该优先寻找的地方。"

"现在该怎么办呢?手机这种东西就算进了水,彻底晾干后似乎也能正常使用……"

"这倒是可以期待,但彻底干透起码得一两天的时间吧?而且即便能用,也很难看到里边的数据,这点并不会改善。既然如此,就不必太在意数据本身了。相比这个,找到这部手机本身即意义重大,而且是在这个工具箱上找到的。"

翔太郎将沙耶加的手机揣进了口袋。

这话究竟是什么意思呢?问他他也不愿回答,按他的说法,这是暂时不能讨论的事项。

我俩离开仓库,回到了地下一层。

翔太郎将找到沙耶加手机的事告知了所有人,还结合实物,给大家展示了他用手机拍的现场照片,让大家信服沙耶加是把它忘在工具箱上了。他传达的唯有发现手机的事实,有关斩首的推理似乎只字未提。

也就是说,凶手也被告知了手机被发现的事情,不过这并无不妥。

"关于手机就放在那个工具箱上的事实,必须让所有人知道,否则可能无法指明凶手。"

翔太郎并未进一步说明理由,沙耶加的手机就暂时由他保管了。

9

之后的一整天安稳无事。

在大部分时间里,多数人都守在自己房中,八人没有再度聚首。上厕所和拿罐头的时候,我和麻衣遇见过几次,不过就只是相视一笑,除此之外再无其他。凶案仍未完结,最好避免引人注目的行为。

从那以后,我和矢崎一家也再未进行过什么交流。当他们来餐厅取罐头时,我偶然听到了一家三口的对话,三人谈论着和地下建筑无关的话题,还提到了留在家里的宠物狗。

那是一只名三郎的柴犬,在隼斗升入初中那年,父亲幸太郎变卖了自己收藏的硬币,在隼斗生日当天用卖得的钱买来了这只狗。之前一起吃饭时也曾听他们提起过。

有关狗的事情永远都是一家人的共同话题。据说三郎只要在客厅的垫子上睡过去,当它醒来的时候,肯定已经滑到地板上了。它最爱的食物是香蕉,当香蕉摆上餐桌时,它一定会跳上椅子，将前爪搭在桌面上静静等着。毫无疑问，他们正翻来覆去地聊着在一家三口之间重复过多次的对话。矢崎一家似乎对困在地下的生活疲惫不堪，遂短暂地沉溺于逃避现实的气氛之中。

在这之后，幸太郎与家人分开，在地下建筑里四处徘徊，似乎在寻找某处有没有留下足以锁定凶手的证据。

虽说不见天日，但迄今为止，大家都在留意早中晚的时刻，不过随着地下生活的拉长，时间的流逝也逐渐变得朦胧起来。

我看了眼手机上的时钟，已经是晚上九点多，这个时间里，做什么都是没意义的。更重要的是，我们距离时限只有大约四十个小时，到了那时，我们就必须决定好由谁留在地下。

和大多数人一样，我和翔太郎也一起待在房间里。

随着时限的迫近，我觉得自己的精神正逐渐涣散。我打开自己的背包，打算取出某样东西，下一秒就会忘掉拿东西的目的。不知为何，平时想不起来的记忆却尽数复苏，比如小时候做的纸黏土动物被母亲弄坏，上高中的时候，同学将我的秘密博客大肆宣扬，让我当众出丑。每当这时，我都会发出呻吟，无论外表多么冷静，内心都会被恐惧侵蚀，在精神上引发故障。

翔太郎对这样的我投来了惊愕且同情的视线。

这一整天，他都是一副若有所思的样子。

我知道他在想什么，当然是在推理凶手是谁。

"翔哥。"

"怎么了？"

他并不着急，但也绝非泰然自若的状态。

"你知道什么了吗？"

我一直在问这样的问题，这并不是说某人比较可疑。

非但是我，其他人都在避免表明对某个特定人物的怀疑，唯有花说漏了嘴。

考虑到凶手的命运，这实在没法轻巧地从嘴里说出来。更何况若是无凭无据，怀疑就会反弹到自己身上。

翔太郎挠了挠头。

"要说我知不知道，某种程度上还是知道的吧。只差一点就能指认凶手了，不过还缺临门一脚，剩下的时间里究竟能不能找到那个呢？"

看他的样子，我并不认为他什么都不知道。看来他果真找到了解决问题的线索。

"告诉我一些吧，我也可以帮你一起想。"

"不，算了吧，这不是需要让柊一帮忙思考的问题。"

在将凶手的范围缩小到一个人身上之前，他似乎并不打算说出口。

可这又不是光靠空想就能解决的问题。既然线索尚未找到，难道不该采取一些行动吗？难道他是在期待着凶手有所行动吗?

"不管怎样,凶案已经不会再发生了吧?"

"应该不会有了。大家的警戒度比之前提高了不少,而且地下二层积了水。避人耳目的杀人场所已经没了。所以你问我现在该怎么办的话——"翔太郎看向了硬忍住哈欠的我,"能睡就睡吧。要是时限再迫近一些,可能就没那么宽裕了。"

他的话没有错,疲惫确乎积攒了下来。总有一天,身体会像弹力皮带突然绷断一样动弹不得。

于是我撇下继续思考的翔太郎,就这样睡了过去。

然而,我和翔太郎的预想都落空了,数小时后,第三起杀人案以意想不到的形式降临于此。

刀与指甲钳
ナイフと爪切り

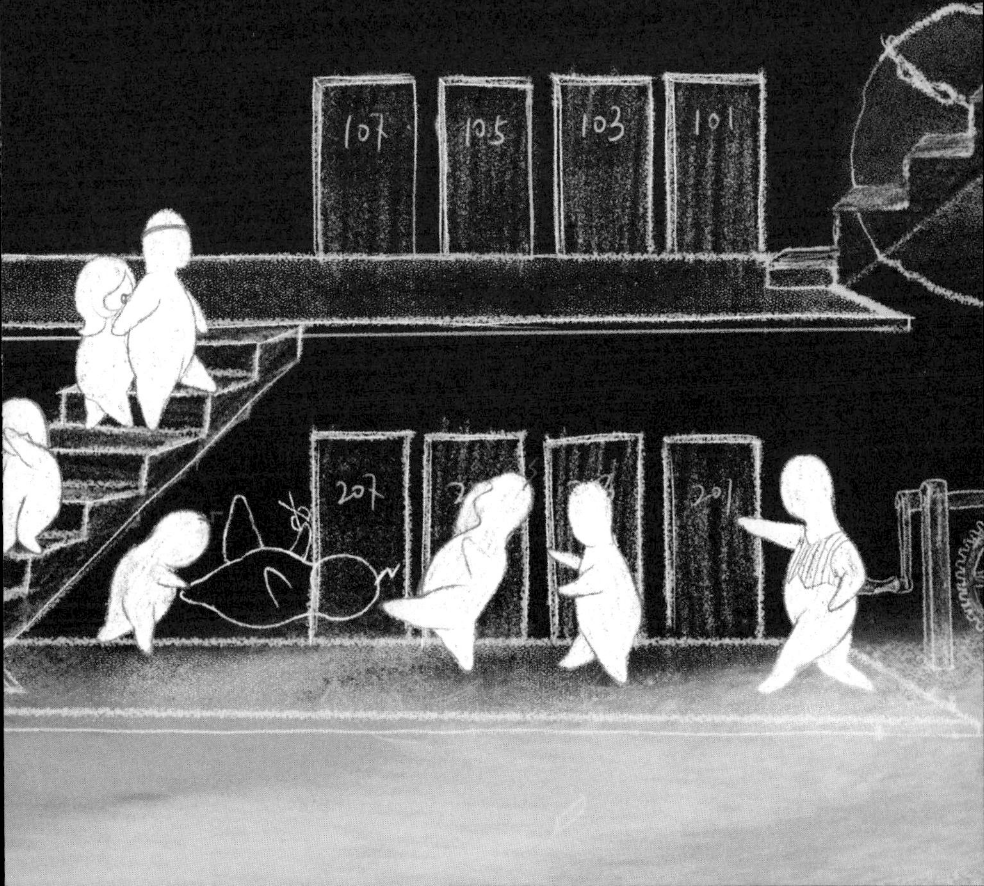
107
105
103
101
207
201

1

我被凄厉的叫声惊醒了。

"爸爸!爸爸!为什么!"

嗓门极大,毫无意义的惨叫声持续不断地涌了过来。

是隼斗的声音。不知为何,声音像是从浸水的地下二层传上来的。

看了眼手机上的时钟,现在是凌晨两点三十二分,我已经睡了五个多小时。

翔太郎仍以五小时前的姿势坐在床垫上,好像从那以后便再也没有入眠。

"怎么了?"

我一边问着毫无意义的问题,一边坐起身来。

一定发生了什么,明显不是什么好事。原本以为不可能发生的事情——

我和翔太郎一起冲出房间,朝着地下二层奔去。

地下二层的水位已然升至七十厘米上下。

刚到楼梯，立刻就看到了异常，涉水裤就似被人丢弃一般沉入走廊。

水边摆着两双鞋，是隼斗和弘子的，从走廊深处传来了两人的恸哭声。

下了楼梯，翔太郎迈着大步拨开了水，我也紧随其后。裤脚已被我们卷到了极限位置，水面刚好触及我的下裆，再往前走几步，水就会渗入胯下。

那里是207号房，也就是第二起凶案中凶手筹措锯子和刀的仓库。门已被打开了，里面隐隐漏出了荧光灯的微光。

我们窥探着传出哗哗水声和啜泣声的室内。

即便望见了眼前的景象，也无法立刻理解究竟发生了什么。

弘子和隼斗正面向屋内，屈着腰坐在左侧的货架跟前，两人正试图从被水淹没的货架底层搬出某样东西。

虽然被后背挡住看不清楚，但那应该是矢崎的尸体。

"发生什么事了？"

听到翔太郎的提问，两人回过了头，四只眼睛直瞪过来，仿佛要保护尸体不遭我俩的毒手似的。

"这到底是怎么回事？矢崎先生是被杀了吗？"

两人无力地点了点头。

矢崎尸体的上半身刚从货架底下被拽了出来，他身穿汗衫和黑色的化纤紧身裤，是只穿内衣的状态。虽然水面摇晃不定难以看清，不过他的衬衫胸口附近破了个洞，可以窥见刺伤的痕迹。

潜水的气瓶像是从货架上滚落一般沉在了水里，上面还连着呼吸调节器。

尸体对面靠近墙壁的水里掉着一把长木柄的修枝剪，这就是凶器吗？凶案的详情尚不得而知。矢崎究竟在做什么？是穿着内衣潜水的时候被杀了吗？

弘子和隼斗仍试着把尸体拽出来，可当他们看到尸体的脚卡在了货架的支柱上，摆出了活人绝不会有的姿势时，还是忍不住放脱了手。此后，两人便哼哼唧唧着瘫倒在了货架边上。

"要我们帮忙搬吗？"

对于翔太郎的提议，两人并未答复。不过当翔太郎把手探入水里抓住矢崎的肩膀时，他们也不曾阻拦。

"柊一，你来搬脚。"

这和前两天搬运沙耶加的时候分工一致，我们将尸体仰面抬了起来，就像在水中仰泳一样。两名遗属则紧紧跟在后面。

花、麻衣和隆平三人则聚集在了台阶之上。听到隼斗的惨叫声，三人都意识到发生了第三起凶案。可是我们搬来了尸体的情景还是超出了所有人的想象。

"什么情况？"

花喃喃地问了声，我们并没有回答。

看着浑身湿透的弘子和隼斗，麻衣说了声："我还是去拿睡袋来吧，身上会着凉的。"

"是啊，拜托了。"

翔太郎应了一声，她遂起身去拿睡袋，我们则抬着尸体，缓缓地上了楼梯。

尸体被暂时平放在地下一层的走廊上。

2

七名生者齐聚于餐厅。

弘子和隼斗把整个身子裹进了麻衣带来的睡袋里，我和翔太郎则用毛巾仔细地擦干了腿，可是渗入身体的寒意却很难散去。

翔太郎向打扮成蓑虫模样的两人问道："究竟发生了什么事？矢崎先生到底在做什么？能告诉我吗？"

两人没有回应。

"我们无论如何都要知道凶手是谁，这点你们也有数吧？时间不多了。"

隼斗用满溢着憎恶的眼神环顾着必然有凶手的餐厅。

我们则继续耐着性子等着，不多时，弘子一点一点地展开了讲述：

"我丈夫埋伏在那里，想抓住凶手。"

"就在那间仓库？那他抓到凶手了吗？"

"是的。"

我看不懂状况。矢崎穿着内衣，还带着潜水器材，这些都是为了抓住凶手吗？

"我丈夫昨天在地下建筑里四处寻找，想要找找看有无证据，以便抓出凶手。然后他找到了，是一把刀。应该就是那个小姑娘——是叫沙耶加吧？就是扎在她胸口的那把。"

餐厅里顿时嘈杂起来。

刺进沙耶加胸口的凶器确实还没找到，理应和头颅一起被遗弃在地下三层了。

"在那个仓库吗？刀在哪里？"

"最里边的货架，搁板的背面。刀尖插在搁板上铁板折弯的位置，就这样藏在了那里。"

"这样啊。"

这样一来就很难被发现了吧。我们一开始就以为那把刀应该被处理掉了，所以谁都没去找它。

"于是我丈夫就说：那我埋伏在那里不就好了？既然没把刀扔掉，还特地藏了起来，那就意味着凶手早晚要过来取走，要是守在这里抓个现行，不就能知道凶手是谁了吗？"

虽然不懂凶手为何不把刀处理掉，而是藏在货架后边，不过既然特地藏了起来，也能想见用不了多久就会将其取回。这样的想法是合乎情理的。

"藏在仓库里，趁凶手前来拿刀之时将其抓住，这样就铁证如山了吧？"

"所以他就把潜水器材带出来了吗？"

"是的。"

我也渐渐搞懂了状况。

自己暗中埋伏在仓库里，等待那个不知是谁的凶手出现，趁其拿刀的瞬间将其制伏，这便是矢崎的计划。

避人耳目地藏在仓库里，这在不久之前是不可能的。此处并无可供隐蔽的地方。倘使在取回刀子之前被人发觉，那就毫无意义了。若是如此，凶手可以随意编个借口敷衍过去。

但随着地下二层水位的上升，有一种方法变得可行了。

"幸太郎先生决定抱着气瓶躲在被水淹没的货架的最下层。他打算一旦看到凶手前来取刀，就在那个瞬间从水里跳出来，给凶手来个人赃并获。"

"是的。"

对于凶手而言,此处理应是个盲点。没人会觉得水下藏着人，潜水器材里虽然少了背气瓶的背架，但只要匍匐在货架上一动不动，就不会有什么障碍。总而言之，只要在凶手进入室内拿刀之前不被发现就好。

在水中使用气瓶呼吸会产生气泡是个问题，不过由于藏在搁板之下，倒也不必担心被人觉察。他或许正是不想让凶手看到自己吐泡，才尽量靠近墙边呼气。

"昨晚七点左右，我丈夫去了仓库，他让我们在房间里等着，因为一旦我们做了惹人怀疑的事，凶手就会停止自己的行动。"

"之所以只穿着内衣，是因为没替换衣服吗？"

"是的，我丈夫说要是衣服全都弄湿的话，接下来会很难办的。"

于是他只穿着紧身衣和汗衫，下到了地下二层。

矢崎连涉水裤都没穿，这也是非常合理的。涉水裤之前应该放在台阶上，要是没了这个，凶手就会知道地下二层有人。

"我丈夫一直站在水里等待凶手。他打算等凶手下来，就潜入水中，看着对方进入仓库。"

气瓶里的空气有限，而且水温很低，没办法一直埋伏在水下，凶手下到地下二层理应会发出水声，说不定可以从水流声中分辨出来。他打算待确认到这样的声音后再潜入水里。

用这样的方法抓住凶手不甚可靠，没人能保证凶手一定会出现，然而既然已经到了关乎能否逃回地面的关键时刻，矢崎必须尽其所能。

在这之后，凶手正如预期的那样出现了。

"我们一直在等他，丈夫说一旦体力不支的时候就会返回，可过了七个小时还是没有回来，于是我们便下去查看情况。"

然后他们就发现矢崎被杀死在这里。

一定是还没来得及制伏凶手就被对方发现了吧。或是弄出了声响，又或是吐出的气泡引起了怀疑。

就像鱼叉突刺一样，凶手用修枝剪刺死了货架下面的矢崎，由于柄很长，因此胳膊不必浸入水里。

矢崎一直穿着内衣等待凶手出现，甚至还躲在冰冷的水里，身体或许已经无法自由活动，所以才会如此轻易地被杀吧。而且他几乎没能发出声音，对凶手而言也属万幸。

翔太郎继续向视线飘忽不定的弘子提问：

"搁板背面作为证物的刀被凶手拿走了吗？你们确认过了吧？"

"没看过。"

在那间仓库里，弘子和隼斗除尸体之外，已经顾不上其他东西了。不过，以该问题为契机，弘子似乎想到了一件事：

"刀肯定在那里，因为丈夫用手机拍过照片。可是手机——这么说来，手机有可能被凶手拿走了——"

"是矢崎先生用的手机吗？就是那个手机被凶手拿走了对吧？"

"是的,丈夫为了拍摄证据视频,所以带上了手机。"

矢崎先生的手机据说有水下摄影功能。他似乎说过要躲起来拍摄视频。要是能拍到凶手拿刀的片段,就可以成为无可抵赖的证据。

"柊一,姑且先问一声,仓库里有手机吗?"

"不,我没看到,但应该没有吧。"

从凶手的立场来看,手机肯定是无论如何都要回收的东西,所以不可能留在现场。

弘子的陈述就此结束,翔太郎站起身来。

"我们得再去现场看看,刚才就只是把矢崎先生的遗体搬过来了而已。"

他一把抓住了我的肩膀。

看来又得泡进冰冷的水里了。

矢崎母子也跟了过来,他俩就似打了麻醉针一般,表情松垮,脚步飘忽不定。看来不仅是精神,就连体力也消耗甚巨。可是死者毕竟是他们的丈夫和父亲,没法要求他们别一起跟来。

3

走下楼梯,一行人就像游泳一样沿着走廊前进,回到了工具仓库。花、麻衣和隆平三人则像刚才一样在楼梯上等着。

刚走进门，我就在找到尸体的钢制货架上看到了一个潜水面罩，刚才因为手忙脚乱并没有注意到，矢崎当然需要这个。

地上还掉着文库本大小的纸箱碎片，翔太郎将吸饱了水的纸片捡了起来。弘子说道：

"这是我丈夫用来藏手机屏幕的。"

在黑暗的环境下，要是屏幕发出光亮就会被凶手觉察，因此矢崎才会用纸板盖住手机屏幕。

可最要紧的手机仍旧不见踪影。

翔太郎从底下窥探着最里边的货架搁板。

"咦，真的有呢。"

他从里边掏出了一个用垃圾袋碎片包裹着的东西。

包裹的内侧被染上了红黑色的血，打开一看，里边是一把长约十二厘米的细长刀具。

这应该就是刺入沙耶加胸口的东西。令人意外的是，凶手并没有将其带走。

矢崎母子盯着这把刀，认真地点了点头，仿佛这把刀攸关幸太郎死后的声誉。

"凶手来这里应该就是为了把刀收走，可若是如此，那他没有达到目的就离开了。"

"那他是不是慌了手脚呢？毕竟在本以为没人的仓库里埋伏着人，而且是在水里。"

我一面顾虑着两位遗属，一面发表了看法。

"是啊，和之前的凶案相比，凶手确实丧失了冷静。这回是完全没有预案的反射性杀人，这样的话，凶手很有可能没能完成善后。柊一，把这个挪走试试吧。"

言毕，翔太郎伸手晃了晃矢崎用来藏身的货架。

我俩将上面的工具转移到别处，将出事的货架彻底清空后，两人分别握住货架左右的支柱，将其拉到跟前。

而这个货架牢牢地嵌在左右两个货架中间，怎么都不肯移动。加之我们身在水中，施力也得慎之又慎。

待边框发出一声刺耳的摩擦声后，货架终于动了，当地板露出之际，隼斗"啊"地叫了起来。

墙边躺着矢崎用过的大号黑色手机。

隼斗不顾湿身将其拾起，屏幕关闭了。令人意外的是，手机居然还留在现场，并没有被处理掉。

他按下电源键，屏幕上显示出了身份认证的画面。

"妈妈，密码是多少？"

弘子摇了摇头。

"我不知道。"

我顿时焦躁起来，要是矢崎真拍下了视频，上面又会出现怎样的画面呢？

是凶手的模样吗？

翔太郎向我问道："柊一，要是用手机拍摄的时候按下了电源键，屏幕关闭后会怎样呢？"

"嗯……按下电源键的时候，拍摄就停止了吧？那之前拍摄的数据不就保存下来了吗？"

"我想也是，之后可以试试看。话说矢崎先生的手机就落在货架下面，想必是被凶手攻击时弄掉的，不知道凶手有没有注意到，可就算注意到了，估计也无计可施。

"就像刚才做过的一样，移动这个货架极其费事，两个人一起上都很麻烦，还弄出了巨大的声响。更何况当时还有尸体，凶手理应不会做如此危险的事。

"把棍子伸到架子底下抓出手机也是做不到的，因为必须整个人趴在地板上，全身都会湿透。要是尸体很快被人发现，这个时候自己仍满身是水的话，凶手是谁也就一目了然了。和沙耶加那时不同，这次凶手毫无准备，是突发的杀人。

"总而言之，即便矢崎先生的手机里留下了决定性的证据，凶手也无法回收，只得任其留在货架底下。"

弘子和隼斗直勾勾地盯着成了遗物的手机。

翔太郎接着说道："不过留下决定性证据的可能性并不算很大，因为矢崎是在水里拍的视频。想要拍下凶手的脸，就必须把镜头举到水面以上。而矢崎先生貌似在那之前就遇害了，不然手机不可能掉到架子下边。可就算这样，哪怕没拍到凶手的脸,也极有可能拍到某个重要的东西,应该能推断出作案时间。我无论如何都想确认里边的数据,可现在不知道密码吧？"

弘子点了点头。

"矢崎先生有使用指纹认证或者其他除密码以外的认证功能吗？"

"嗯……或许设置过指纹。"

她含混不清地应了一句,看样子似乎不大懂电子设备。

也就是说,必须借用尸体的手指来解锁吗？和沙耶加那会儿不同,凶手不可能削去受害者的指纹,这次的犯罪并没有计划性。

可是就在刚刚搬运尸体的时候,矢崎的皮肤由于长时间泡在水里,已经胀得像馄饨一样,这样是没办法进行认证的,等皮肤干燥究竟要花多久时间呢？

"关于密码你们完全没有头绪吗？比方说生日、车牌之类简单的数字呢？"

"有可能是——"

弘子毫无把握地说道。

她仿佛放弃了思考,一边含含糊糊地回应着,一边目不转睛地盯着儿子。渐渐地,离开仓库的念头似乎也越来越急迫。

隼斗将矢崎的手机收进了自己的上衣口袋里。

不管怎样,仓库里的现场勘查就此结束。我们拨开积水,顺着走廊往楼梯方向走去。

我们将发现小刀和手机的消息告知了在楼梯上等候的三人。

矢崎母子刚从水里出来,便立刻擦干身体,迅速钻进了睡袋。

我和翔太郎在移动货架的时候也被水溅得浑身冰冷,可调查事实上仍未结束,仍有一件尚未处理的凶手的遗留物,那就是被丢在楼梯附近的涉水裤。

翔太郎一边重新撸起袖子一边说道:

"凶手当然是穿着这个前往仓库的,除此之外,不存在不用弄湿身体就能进入地下二层的方法。

"之后凶手犯下了意料之外的谋杀。迄今为止的两桩凶案,凶手都处理得极其冷静,可这回恐怕连凶手也吓得不轻吧。既然矢崎先生埋伏在这里,说不定立刻就会有人前来查看情况。更何况水已经没到了腰际,一时间也找不到躲藏的地方。

"凶手能做的便是尽快离开现场。事实上他正是这么做的,就连小刀都留在了仓库里。之后凶手虽然赶到了楼梯口,可这里仍是最有可能被发现的地方,因此凶手才把脱下来的涉水裤匆匆扔掉了吧。"

翔太郎挽起右臂的袖子,捡起了涉水裤。

就在这时,包裹在涉水裤里的东西差点落入了水里,翔太郎"哎呀"一声,赶紧用双手接住了那个东西。

"这是什么？"

楼梯上的所有视线都集中在翔太郎的手上，于是他握着那个东西，拿在手上展示给所有人看。

差点掉进水里的是指甲钳和带拉链的塑料小包。

"咦？这不是裕哉的东西吗？"

"是啊。"

不只是我和翔太郎，众人似乎立刻便联想到了指甲钳的来源。

这是裕哉背包里的指甲钳，他习惯将卫生物品之类的小物件分装进塑料袋。在他死后，我们曾逐一检查过他的遗物，因此大家都记得很清楚。

"这东西为什么会在这种地方？"

花边说边低头看向我和翔太郎。我的心头突然涌起一阵不安。

这一定是凶手的遗留物。如此一来，最大的嫌疑人岂不正是我和翔太郎吗？

裕哉的背包由翔太郎保管，因此一直收在我们的房间里。为何会在这里出现？我完全没有头绪。难不成要通过这个把怀疑转到我们头上吗？

不过翔太郎丝毫不为所动。

"各位好像都记得这是装在裕哉背包里的东西呢，至于凶手为何要拿出来，就不得而知了。

"不过若论究竟是谁拿出了指甲钳，那应该是所有人都能做到的事。我和柊一固然能行，但对其他人而言也并非什么难事。我和柊一经常不在房间，凶手只要趁我们吃饭的时候悄悄溜进房间，从背包里拿走装指甲钳的小袋子就可以了。

"虽说是闯空门，但其实风险并不算大。哪怕被我和柊一发现，只需说自己想用指甲钳，过来借用裕哉的遗物就行。而我们也没法据此认定他是杀人凶手，最多觉得这人脑子里缺根弦。"

我并没有附和，要是帮腔的话，在别人眼里就像是两个嫌疑人在拼命抗辩。

当然了，这里并没有人提出反驳，指甲钳是可以轻松带走的东西，谁都可以将其拿走，这也是不争的事实。

隆平瞪着翔太郎手上的东西问了一句："凶手究竟打算拿指甲钳做什么呢？"

"不清楚。这也是问题之一吗？不过至少不是为了杀人。之前说过好几次了，这是一桩不在凶手计划内的凶案。"

那么凶手拿指甲钳究竟想干什么呢？

他似乎是去那间仓库里拿刀的。倘若真是如此，由于矢崎在场，这个目的最终未能实现。

可凶手还是特地从袋子里取出了指甲钳。将原本装在袋子里的东西拿了出来，指甲钳理应会派上某种用场，既然没能达到目的，还非得用到指甲钳吗？又或者凶手仍怀揣着我们尚未意识到的目的呢？

翔太郎把带拉链的塑料袋和指甲钳全都摆在楼梯上，拎起涉水裤的两个裤脚，将水甩干。然后他又在走廊里环顾了一圈，确认有没有其他遗漏的东西。

"好吧，终于能从水里出来了。"

我们带着证物，七个人一道走上了台阶。

4

刀和指甲钳就摆在餐厅的桌子上。

然后，我们聚集在了安放在走廊上的矢崎尸体周围。

尸体浑身仍湿漉漉的，朝半张的嘴窥探进去，我头一次发觉他左侧的白齿处镶着金牙。

翔太郎向盯着家人尸骸的弘子和隼斗搭话道："我想设法确认矢崎先生手机里的数据。"

"好。"

弘子的答复显得空洞无比。

"你能帮我打开吗？输入所有你能想到的密码，等矢崎先生的状态有所改善，再尝试指纹验证，这个我们是做不到的。"

"好，我试试。"

弘子应了一声，就似想将我们甩脱一般。随后，她把手伸向丈夫的两腋，打算拖走尸体。

"你要去什么地方？"

在翔太郎的阻拦下，弘子半蹲着抱起矢崎，将脸抬了起来。

"去房间，在那里试。"

"我们也想确认一下能不能解锁。"

弘子和隼斗被我们五个团团围住，一副遭到打劫的表情。

在我们的监视下解锁手机，对两人而言一定如芒刺在背。他们似乎想尽早撇下我们。

可是，将或能左右所有人命运的数据托付给他们真的没问题吗？是不是应该从遗属手里拿走手机和尸体，由我们来操作呢？

"请让我们回房间吧。"

弘子用可怜兮兮的声音重复道。

最后两人还是拖着矢崎，进了一家三口所用的房间，尸体在走廊上留下了一道水痕。

"交给他们真的没问题吗？那两个人已经憔悴得快撑不住了吧，是不是已经没法做出正确的判断了？"

"是不太好，但是给他们造成太大的负担也行不通。因为找到凶手并不意味着结束。找凶手只是途中必做的事，我们的目的是逃出这里。为此，必须让矢崎家的那两个人保持冷静，否则事情就不好办了。"

我和翔太郎朝着120号仓库走去，裕哉和沙耶加的尸体就安置在这里。

还有一件事必须趁早完成，我们把门打开，捏住鼻子以抵御飘来的恶臭，将目光从地板上的尸体挪开，挑了一条两米左右的PVC管，就急急忙忙地逃了出去。

这是一根晾衣竿，我们必须把湿透的涉水服弄干，凶手还得穿上这个转动卷扬机。

我趁着和翔太郎独处之际，问了个一直记挂在心的问题：

"指甲钳是什么时候被偷的呢？"

"不知道，柊一最后一次看到这个是在什么时候？"

"就是沙耶加被杀以后，大家一起检查行李的时候，除此之外，我就再也没有留意过。"

"是吗？那天晚上我也查过背包里的东西，之前你提到过用那个背包装气瓶如何如何，我有些在意，便打开包看了看，那个时候指甲钳还在。"

原来如此，那么指甲钳被盗就是在那之后了。

"昨晚八点左右，我们去餐厅取了罐头，对吧？之后就一直待在房间里了。"

因此凶手取走指甲钳是在两天前的上午，从我俩都离开房间的时候到昨晚八点左右的某一刻吧,好吧,这并非多么要紧的问题。反正无论是什么时候被偷,我们都无法从此处锁定凶手。

似乎没人记得有谁偷偷进出过我们的房间,哪怕真有,这个事实也不能成为证据。

可到底该从哪里寻找凶手呢?我再度回顾昨晚发生的事。

按弘子和隼斗的说法,矢崎从晚上七点左右就埋伏在地下二层的仓库里。

不知凶手是何时来到这里的。总之,凶手带着指甲钳,穿着涉水裤,就这样走向工具仓库。

觉察到凶手到来,矢崎潜入水中,躲进了货架里边。然后,他可能打开手机录起了视频,屏幕的亮光则用纸箱碎片遮挡。

不多时,凶手进了仓库。

矢崎一定想尽办法不被人发现,可仍被凶手注意到了。或是发出了响动,或是漏出了气泡,又或是手机屏幕的光引起了怀疑。

凶手立刻抄起长柄修枝剪,刺向了矢崎的胸口。

死到临头的矢崎一定觉察到自己即将遭到攻击,可他没有抵御的办法。此刻的他一定全身冰冷,恐惧感束缚住了他的身体。

矢崎被干净利落地杀掉了。对于凶手而言,矢崎泡在水里,没能发出临终惨叫,实在称得上万幸。

凶手慌得不行，随即决定即刻离开现场，他没有理会受害者的手机，也不曾回收藏在架子后边的小刀。

凶手急匆匆地离开仓库，刚回到楼梯，就把涉水裤脱了下来，连同指甲钳和塑料袋一并扔了出去，避人耳目地爬上楼梯，回到了自己的房间——大约就是这样的情况吧。

其中有几点令我非常在意。

"不管是指甲钳还是塑料袋，都不能算作杀人的证据吧，到目前为止，我们还完全不知道凶手要用指甲钳做什么。"

"没错，大概只会稍稍惹人怀疑。"

"那为什么要特地抛弃在现场呢？即便想要扔掉，丢在其他地方岂不是更不容易引起怀疑吗？就因为和涉水裤扔在一起，才被我们发现凶手用过这个。"

"这话在理，嗯，大概就是因为慌得不行吧。毕竟目前的状况也不见得允许凶手做出合理的判断。"

这或许意味着凶手想尽快处理掉与犯罪有关的东西。

"不过话说回来，为什么要特地拿走裕哉的指甲钳呢？机械室的桌子抽屉里也有指甲钳吧？为什么不用那个？"

来到此处的第一天晚上，当我们查看"方舟"的设计图时，就看到过这个。

"也不见得所有人都知道那里有指甲钳。"

"哦，也是。"

与此相对，裕哉的行李里有指甲钳的事无疑尽人皆知。

"还有——这起凶案里的凶手和之前的案子是同一个人，这点绝对错不了吧？"

"你是想说，裕哉和沙耶加之死的凶手和矢崎之死的凶手并不是同一个人？"

"嗯。"

虽说从直觉上看并非如此，但我觉得有必要探讨一下。

凶手应该是去那个仓库取回刺入沙耶加胸口的刀，既然如此，之前的凶案和本次的凶案显然是同一个人所为。可凶手最终仍将刀留在了仓库，或许是慌了手脚根本顾及不上。那么凶手是何时注意到矢崎躲在这里的呢？

"凶手在拿刀之前就杀了矢崎吧？如果是这样，自己是凶手的事情也不见得就会暴露。如果只是进了仓库，借口要多少有多少，比如过来拿必需品之类。"

"是这么回事，不过站在凶手的立场上看，他也很难如此大胆地装傻吧。再仔细想想，凶手认为仓库里没人，而且心怀鬼胎，矢崎以意想不到的方式埋伏在那里，从凶手的角度看，会以为矢崎是看穿了自己所有犯罪后才埋伏于此，这样的想法毫不奇怪，无论和刀有无关系，都会对他动了必杀之心吧。再说了，假如有个和命案无关的人去了那间仓库，发现了水里的矢崎先生，换作你，你能保持沉默吗？"

"不，不可能吧，我肯定会吓一大跳，然后大叫起来。"

"大概每个人都会这样吧，换作我也不例外。不是凶手的人发现有人藏在仓库里，就该认为埋伏的人才是凶手，而自己会被杀吧？然后肯定会尝试呼救。既然凶手并没有这样做，而是决定用修枝剪刺杀矢崎先生，那么只能认为凶手在这之前也有过同样的罪行。"

"嗯，也是。"

第三起凶案果然和之前的案子都是同一个人所为。

第二起凶案也是一样，既然其目的是隐瞒沙耶加手机里的数据，那么自然和第一起凶案同属一个凶手所为。由此可以认定这一连串的凶案全都是一个人犯下的。

尽管如此，第二和第三起凶案的动机已然大致查清楚了。这是凶手为了不败露自己的罪行而做下的。可是有关第一桩凶案的动机，凶手究竟为何要在这种情况下杀害裕哉，依旧毫无头绪。

翔太郎将PVC管穿过涉水裤的左裤脚，然后将它立在走廊的通风口附近，弄成稻草人的模样。

"这样就行了。"

"在时限到来之前晾得干吗？"

"谁知道呢。哪怕还有点潮，也只能请穿它的人忍一下了。"

到某人转动卷扬机为止，时间只剩下三十二个小时。

地下一层，靠近楼梯拐角处，还放置着尚且不知是否会用到的刑具。

5

我们暂时回到房间。

翔太郎从包里取出了沙耶加的手机。

接口的小孔里插着纸巾，这是为了尽可能地去除水分。

昨天试的时候毫无反应，如今已过了一天，他再度为手机插上线，按下了电源键。

"怎样？"

我屏住呼吸，紧盯着漆黑的手机屏幕。

等待了数十秒，屏幕依旧是一片漆黑。

或是水汽未干，或是某处短路了。不过就算能够开机，我们也不知道密码，看来只能放弃查看沙耶加手机里的数据了。

证物差不多该凑在一处了吧。我们拿起沙耶加的手机和裕哉的背包，就这样走向餐厅。

餐厅里，花、麻衣和隆平聚集在此。

眼前的光景堪比医院的候诊室，三人全都摆出一张病入膏肓的脸。有人前屈着身子坐在椅子上，也有人焦躁地在桌边踱步。

在郁闷难耐之际，还会时不时去趟洗手间，抑或回到自己房间。

可他们都不会长时间离开座位，就似随时等待召唤一样，用不了多久就会返回餐厅。

事态即将迎来最终局面，大家对此心知肚明，已经没办法再回避彼此了。

见我们抱着东西走进餐厅，花最先发问："你们在做什么？"

"没什么，只是把涉水裤晾干。"

"好吧。"

她露出期待落空的表情，这回换作我询问她："矢崎一家人有什么动静吗？"

"没。"

和尸体一同躲在房间之后，弘子和隼斗两人就这样失去了音信。

花趴在桌子上，不知对什么人说道："指纹不会识别不了吧？这东西叫生物识别，必须是活人，对吧？尸体也可以吗？"

"大概能行吧。指纹识别好像是利用电流来识别皮肤上的凹凸，因此尸体大概也行。我之前曾在网上看到过用明胶复制指纹，成功破解指纹识别的报道。哦，不过听说最新款的手机可以通过超声波检测血液流动，如果是这种，尸体可能不行。"

"会是那种新款吗？"

"不，看起来不太像，应该是两三年前的机器。"

"那还好。"

花抬起脸,朝我瞪了过来。

我和翔太郎将证物放在长桌上,然后各自找到合用的椅子坐了下来。

"密码是几位的?"

迈着心神不定的脚步在屋内来回踱步的隆平问了一声,对此,翔太郎回答道:"之前我瞥了眼认证界面,应该是六位数。"

而我连这个都不曾注意。

如果是四位的话,还能靠瞎猜的办法依次尝试,应该用不了一整天,姑且能赶得上时限,但若是六位数,除非是和矢崎家有关的数字,否则几乎不可能猜中。

"矢崎先生的遗体还没干吗?"

麻衣低声说道,没有人回答她的问题。

如果是刚洗完澡的手指,早就应该干了,不过矢崎先生在水里泡了好几个小时。难不成生命活动停止也会对干燥时间产生影响吗?

众人的注意力全都集中到了矢崎手机里的数据上。

想解决寻凶的问题,眼下也只能靠这个了。最终凶手是在没有被任何人发现的情况下完成了三次杀人。

翔太郎对于凶手的真实身份依旧不置一词。

我能理解他的想法。翔太郎似乎打算在确认数据前保持沉默，如果视频里能清晰地看到凶手，那就没有推理的必要了。最好的情况就是找到明确的证据，而非复杂的争论。

我们小心翼翼地不让彼此的目光撞在一起。

究竟谁是凶手？这个疑问令餐厅里的气氛几欲爆裂。

一直以来，指名道姓地诘问某人是此处的禁忌，可如今只需稍加刺激，立刻就会引来互相叱骂。之所以未曾发生这种情况，是因为所有人尚且保持着等待手机解锁的理性。

无论在餐厅环顾多少遍，也找不到疑似凶手的人物。害怕罪行暴露而胆怯的某人并未在此露出马脚。

或许这也是理所当然的。命悬一线的并不仅仅是凶手。

一旦查明了凶手，我们便会以"反正会被判死刑，能不能用你的命来救我们"为由试图将其说服。倘若不能如愿，还不知道会变成什么样子。我们会对凶手用刑吗？而且凶手若是抵抗到底，届时很可能一个人都逃不出去。从某种意义上讲，我们的命运就掌握在凶手手中。我们也好，凶手也好，全都被逼到了绝境。

压在我们心头的是不安以及徒劳感，这想必很接近在独裁者的命令下奔赴战场的士兵的心情吧。

自从发生地震被困在地下，随即发生了凶案后，我们寻凶花了整整五天。

其间又有两人丧命。倘若如此，仅从结果论的角度来看，在发现裕哉尸体后立即抽签决定让谁留在地下，这样一来死者还能少一些。可面对证据全无的第一起杀人案，我们岂不是也在暗自盼望着第二起凶案的发生吗？

我们这么做真是正确的吗？肯定不对，但除此之外别无他法。我们并没有理由遭到责难，可在此之后才是真正的决断。

虽说仍不知凶手是谁，但有些情况令我无法停止思考。

究竟谁是凶手，才会同意转动卷扬机呢？

还有，我希望凶手是谁呢？

关于这两个问题，我都有了明确的答案。

当然了，这种事是没法说出口的，必须隐瞒到底。

会这么想的人大概不止我一个吧。众人一边思索着这些，一边任凭视线茫然地在餐厅里游移着。

隆平和我的视线猛然撞在了一起，有那么几秒钟，我们彼此凝视着对方的脸。

虽说矢崎的死和迫近的时限令人措手不及，但从隆平的表情中，可以窥见他对我的敌意并未减弱。

而他眼中的我，想必也是同样的表情吧。

6

距离时限还有二十四小时。

我起身去了趟洗手间，顺路来到了矢崎一家的房门跟前。

我想了解一下情况，可过了许久，弘子和隼斗还是没有任何音信。

解锁遇到困难了吗？他们真的在好好地确认死者留下的数据吗？

矢崎的死令他们茫然自失，而这份茫然真的在这几个小时内解除了吗？

和死去的家人一起封闭在房间里，无法将视线从尸体身上移开。手干了吗？能解锁吗？他们一次又一次地握住矢崎的手，将其按在手机上面。倘若不能如愿，就搜肠刮肚地思考矢崎有可能用的六位数字，一个劲地输入密码，一遍又一遍。这样的事情，他们在好好做吗？

如今的弘子和隼斗是否保有正常的判断力都很让人怀疑。还是强行带走手机和尸体，由我们进行解除会比较好吧？可我们又猜不出密码——

我屏息站在门前，侧耳倾听室内的动静。

传进耳朵里的是弘子的声音，她的话声里虽满是悲痛，却没有茫然，蕴含着坚定的意志：

"要是解不开的话，妈妈会把石头拉下来的，然后隼斗和那些人一起从这里出来，回家去吧。"

然后是隼斗带着哭腔的回应：

"不行！绝对不行！这样的话我还不如死在这里！这样还好一点！"

听到儿子的答复，弘子呜咽起来。

对话就此完结，两人的哭声持续了好一会儿，解锁似乎并没什么进展。

时间还够用吗？不管怎么样，我对那两个人都无话可说。于是我蹑手蹑脚地离开了那个地方。

1

回到餐厅，我又坐上了破破烂烂的椅子。

我实在不愿将听到的话转告给其他四人，就算不特意说，大家也能想象得到吧。还是让弘子和隼斗都静一静，等冷静下来再说好了。

可即便就这样等着，他们就能恢复冷静吗？待矢崎之死的打击淡薄下去，时限恐怕也近在眼前了。

时间一分一秒地流逝着。

虽说早已没了昼夜之别，可是和这处地下建筑相比，再也没有其他地方更能令人感受到光阴流逝的分量了。建筑物本身就像用水计时的漏刻一般。

走廊里传来了脚步声，门缓缓地打了开来，仿佛在警戒里边的猛兽冲出来似的。

进来的人是弘子，只来了她一个。隼斗仍留在房间里。

弘子来之前显然整理过表情，脸上看不到泪痕。

"丈夫的手机指纹反应不是很灵，所以请再等等。"

弘子撂下这句毫无感情的话，言毕，即刻返回了丈夫的遗体和儿子所在的房间。

留下我们五个面面相觑。

"怎么回事，指纹认证坏了吗？"

花抛出了一个根本无法回答的问题。

"指纹认证有时候反应是会突然变差，不重新录一遍就没法用。"

麻衣回应道。

我也有过手机的指纹认证失灵的经历。

如此一来，除了猜中六位数的密码就再无其他解锁方法了吗？倘若如此，便可谓绝望的状况。

之后弘子又数度前来餐厅，报告他们的进展。

说是这么说，她也只是重复着最初说过的话，简而言之，就是没有任何进展。我们给了她一些无关痛痒的建议，比如要把传感器仔细擦干净之类,她顺从地点点头,就这样回了房间。

我感到憋闷万分,便去了机械室,盯着两台显示器看了起来。外边的景象依旧没有半分改变,夜幕即将降临。以我的动作为契机,众人就像去吸烟室喘口气一样,时不时就去机械室确认外界的情况。

这无非是一种消遣,为的是寻求心理平衡。

然而,这却令众人中毒成瘾。对外界的饥渴令我们如坐针毡,哪怕被逼得喘不上气,仍旧一刻不停地观看屏幕,以期获取对外界的回忆。

太阳落山之后,我们又去了机械室。接近满月的月亮照耀大地,即便是通过老旧的监控摄像头的模糊影像,也能感受到彼处弥漫着的熏染着草木香味的新鲜空气。打开铁门,掀起出入口的盖板,令外界的空气沐浴全身,这样的想象令人心焦不已。

距离时限还有十四个小时多一点。

并不是在这之前找到凶手即可,还得说服或者拷打。剩下的时间真的够用吗?

8

我们五人一直在餐厅里等着。

"是不是不太妙？"

隆平问道。

"那家人什么都不肯说，要是现在还看不到数据的话就彻底完了，就这么干等着也不是办法。话说回来，那家人是不是对我们隐瞒了什么？要是他们一直待在房间，我们就得自行决定牺牲者了。他们是打算在这之前都在房间里躲着吗？"

弘子和隼斗会不会用棍子顶着门，就这样守在房间里呢？

假使任凭我们踹门捶门、大吼大叫，两人说什么也不出门的话，那么我们迟早得从这里的五个人里选出一个来转动卷扬机。他们是要等听到岩石落下的一声巨响之后，再不紧不慢地走出房间吗？

从刚才听到的母子对话中，我感受不出他们有这样的想法，但随着时间的推移，想法也有可能发生改变。

隆平大步流星地走出餐厅。

我们也跟在后边，他的说法并不一定是空穴来风。

走廊响彻着五个人的脚步声，一行人来到了矢崎家的房间前面，隆平用拳头砸起了门。

"喂！你们要搞到什么时候？"

听他的语气，似乎断定弘子和隼斗是有意闭门不出。

里边踌躇了片刻，门打开了。弘子怯生生地探出了头，房间很是昏暗，日光灯已经熄灭了一半。

在弘子的背后，房间中央的位置，矢崎的尸体头朝这边仰面躺倒。三人的床垫被推到了墙边，之前用过的铝管滚落在地。隼斗就跪在尸体旁边，手里拿着手机。

"弘子女士，还有隼斗君，真的快没时间了。我们想确认一下手机里边的数据，但看样子不太顺利。要是能找到证据最好，要是找不到的话，我们就只能商量别的办法了。哪怕不知道凶手是谁，我们也要决定由谁留在地下。"

翔太郎以独特的声音说道，像是在安抚两人，同时又透出几许威胁之意。

"哪怕不知道凶手是谁？"弘子小声重复了一遍，"要是真要这样，被关进来的时候马上定下来不就好了吗？说不定我丈夫也不会死了。"

"的确是这样，要是我们再牺牲无辜之人的性命，那就只会徒劳地增加死者的数量。

"哪怕是这样，要是再不做出决定，所有人都会死。我们只能用剩下的时间采取最好的举措了。"

对于翔太郎的话，弘子和隼斗没有任何反应。

对两人而言，或许所谓"最好的举措"对他们而言已经毫无意义了。事到如今，无论做什么事情，矢崎都无法死而复生。

两人一副有气无力的样子，仿佛是在压抑憎恶。如今像兴师问罪般闯入房间的五个人里，就有杀害矢崎的凶手——他们的憎恶或许正是源于这种自信。

见母亲和我的对话迟迟没有进展，弘子身后的隼斗抓起死去的父亲的手，将手指一根一根按在手机上。

手的动作看起来充满焦躁。就像明知徒劳，却被迫重复着早已尝试多次的事情一样。隼斗是在耍性子，也可能是怀揣着讥讽之意故意做给我们看。

看到被隼斗抓在手里的尸体手指并没有贴合传感器，隆平一把推开弘子，鲁莽地走进室内。

"喂，这样没意义吧，让我来。"

隆平从隼斗手里夺过手机，像抓脏东西一样捏起尸体的手指，一根一根用力地按在传感器上。

比起最后见到的状态，此时的矢崎更像是一具尸体。他的皮肤露出白紫相间的斑纹，所谓尸斑就是长这样的吗？弘子和隼斗一直在旁边观察着这具尸体的变化吗？

"完全不行啊。"

隆平拿矢崎的衣服擦了擦手机，接着又把尸体的十指挨个按在传感器上。

手机被夺走后,隼斗像是被人推倒般四肢着地。

我看不到他的表情,只见他趴在地上,发出动物般的呜呜声,然后随着一阵短促的声音,他深深地吸了口气。

隼斗抓起地上的铝管,就这样站了起来。

只见他两眼含泪号叫了一声,没等我们阻止,他就将管子冲着隆平的头挥了下去。

"好痛!你干什么!"

隆平一把揪住隼斗,可是隼斗的铝管仍径直地砸向了他的心窝。

隆平失去平衡,摔倒在了矢崎的尸体上。

已经说不出话的矢崎表情似乎有点扭曲,隼斗心中胆怯,放松了进攻。

弘子捂着脸瘫坐在门边上,为了阻止隼斗,我越过弘子冲进了房间。

这一次,隼斗伴随着"啊啊啊啊"的凄厉号叫向我袭来。

铝管打在了我的左腕上,我不由得用右手将其护住,本欲抱住隼斗,可脚下的隆平和尸体阻碍了行动。

我跌了一跤。

铝管挥落下来。

"停下!停下!"

"天哪,为什么会这样啊!"

走廊里响彻着麻衣和花的尖叫声。

不过就在我承受下致命一击之前,翔太郎以一句最有效的言语制止了隼斗:

"停下,隼斗!如果柊一是凶手,你打算怎么办!因为被你殴打,凶手没法转动卷扬机,谁来承担这个责任?"

铝管从我的肩膀掠了过去。

隼斗停止了攻击,摇摇晃晃地回到房间深处,额头贴着床垫蹲了下来,然后颤抖着身体开始抽泣。

倒在尸体上的隆平缓缓站起身来。

"可恶,好痛!"

他嘴里低吟着,像是确认平衡感一样摇晃着脑袋,好像没有受太重的伤。

我也将手撑在地板上站了起来,左腕依旧残留着疼痛,不过并无大碍。

弘子呆然地站在门边,用勉强能听到的声音说了声"对不起"。

暴力事件还是发生了。

决定牺牲者的协商尚未开始,可隼斗已然凭借着近乎带着杀机的情感攻击了我们。

隼斗似乎觉得父亲的尸体受到了侮辱，这也是可以理解的。最年幼的他的精神最先到达了极限，同样合乎常理。因此谁也没有苛责在房间最里边哭泣的他。

可这场骚动仍给我们灌输了强烈的恐惧，在决定由谁留在地下的那一刻，有可能会发生更为严重的乱斗，结果或许就是没人能够转动卷扬机了。刚才的事便是此情此景的预演。

我们都在等着隼斗自己冷静下来。

就在他的抽噎声逐渐减弱的时候，翔太郎说出了这样的话："各位都能冷静下来听我说说吗？我们没时间等了，该决定的事情必须决定下来。我有几个想法，打算在找不到确凿证据的时候说出来，你们能听我讲讲吗？"

"啊，不好意思，刚才我突然想到了——"麻衣打断了翔太郎即将开始的演说，"关于解锁手机，有没有尝试过其他位置？嗯……说不定矢崎先生的手机上登记的并不是指纹？"

"啊！对哦！"

翔太郎应了一声，可我并不理解其中的意思。

"我有个朋友在手机上登记的就是手指关节。据说要是使用指尖，经常会因为出汗失灵，矢崎先生会不会也用了这种方法？"

听他这么一讲，我总算明白了。

指尖以外的部分理应也能登记为指纹。矢崎先生的本行是电工,为了在指尖弄脏的情况下也能使用手机,是有可能把关节部分登记为认证的指纹。

正在房间深处为儿子抚摩后背的弘子缓缓站起身来,拾起了躺在地板上的手机。

她拿起丈夫的右手,展开十指,随后依照麻衣的提议,将拇指关节的下方按在手机的传感器上。

"咦?"

弘子轻呼起来。

众人纷纷挤在了她的周围。

朝屏幕一看,手机已经解锁了。

"怎么样?视频数据还在吗?"

"等等,嗯——"

在翔太郎的催促下,弘子以笨拙的手法敲击屏幕,在几番误操作后,终于打开了可以浏览照片和视频的应用。

"是这个吗?"

一番滑动之后,最下方出现了一段显示为黑色缩略图的视频。

这是矢崎临死前拍摄的吗?点开之后,伴随着水中的响动,漆黑的视频播放起来。

视频的开头唯有零星的高灵敏度噪声,只能隐约感到影像晃动不止。过了片刻,咕嘟声停了下来。看来是潜入水中的矢崎在货架的最下层稳住了身体。

就这样，漆黑的影像持续了数十秒。

少顷，画面的右上角出现了白色的微光。

凶手踏进仓库了！白色的应该是他手上的照明吧。

数秒之后，屏幕闪了一闪，画面随即转亮，是凶手打开了天花板上的荧光灯。

对焦稍微花了一点时间，视频里随即映照出穿着涉水裤的两条腿阔步走进没水的仓库。

众人都屏住了呼吸，只见凶手小心翼翼地朝最里边的货架走去。

镜头追了过去，矢崎浸在水里的手似乎在微微颤抖，晃动得愈加剧烈。

凶手在房间中央骤然停住了脚步，然后似乎扭了扭上半身，两条腿稍稍转了一下。

他貌似转向了这边，穿着涉水裤的双腿钉在原地一动不动。

莫非凶手就是在这一瞬间发现了货架底下的矢崎吗？不多时，两条腿转而走向了仓库左边，随即将身子一扭，毫不犹豫地朝镜头冲了过来。

"啊——"

弘子不由得捂住了自己的嘴。

不会错，凶手是打算攻击矢崎。

画面剧烈地抖动了一阵，矢崎挣扎着要从货架里爬出来。

虽然看出了凶手的行动,可已然来不及了。修枝剪的尖头飞也似的刺入水中。

手机被甩了出去,镜头转了几圈,视频里最后出现的是矢崎吐出的气泡。

当屏幕转暗时,视频便结束了。

我们面面相觑,仿佛在电影院观看的恐怖电影迎来了无法接受的结局。

"这样能知道凶手是谁吗?"

花不服气地说了一句。

从表面上看,并没有发现对锁定凶手身份有所裨益的东西,能看到的唯有穿着涉水裤的腿。

我们要不要逐一穿上涉水裤,尝试再现凶手的脚步,然后把跟视频一致的人认定为凶手呢——这大概也行不通吧。视频拍摄于水中,而且抖动严重,涉水裤的裆部很高,所以穿上之后的外观也不会有太大差别。使用最新技术分析的话说不定能知道些什么,而我们之间哪怕讨论再多,恐怕也得不出什么结论,只会陷入互相指责,徒然令事态恶化的境地而已。

"弘子女士,视频具体是什么时候拍的呢?"

听翔太郎这么一问,弘子再度握住几乎要掉在地上的手机。以视频的形式详细再现丈夫的死亡,似乎再度令她深受打击。

"晚上十点四十八分。"

"这样吗？也就是发现尸体的四小时前，好吧。"

翔太郎瞥了眼手机，确认她的话无误后说道："仅凭这段视频是无法确定凶手的，凶手当然也知道吧。不过确实有一看的价值，多亏了这个，我才能更有自信地说出刚才想说的话。要是没有异议的话，能请各位去餐厅吗？因为我要说的话有些憋闷，还是在宽敞一些的地方会比较好吧。而且摆在那里的证物也能派上用场。"

"你的意思是，你能告知凶手是谁吗？"

弘子将视线落在丈夫的遗体上，问了这样的问题。

"是的。"

翔太郎给出了明确的答复。

弘子深深地叹了口气，然后抓起儿子的胳膊把他拉到身边，隼斗也没有对母亲的动作表示抵抗。

翔太郎打头阵走出房间，其他人宛如送葬队伍一般，一个接一个跟在后面。

在这之后，七人中的一人必须去死，事实上，我们和抬着棺材的送葬队伍并无多少区别。

第五章

抽选
選別

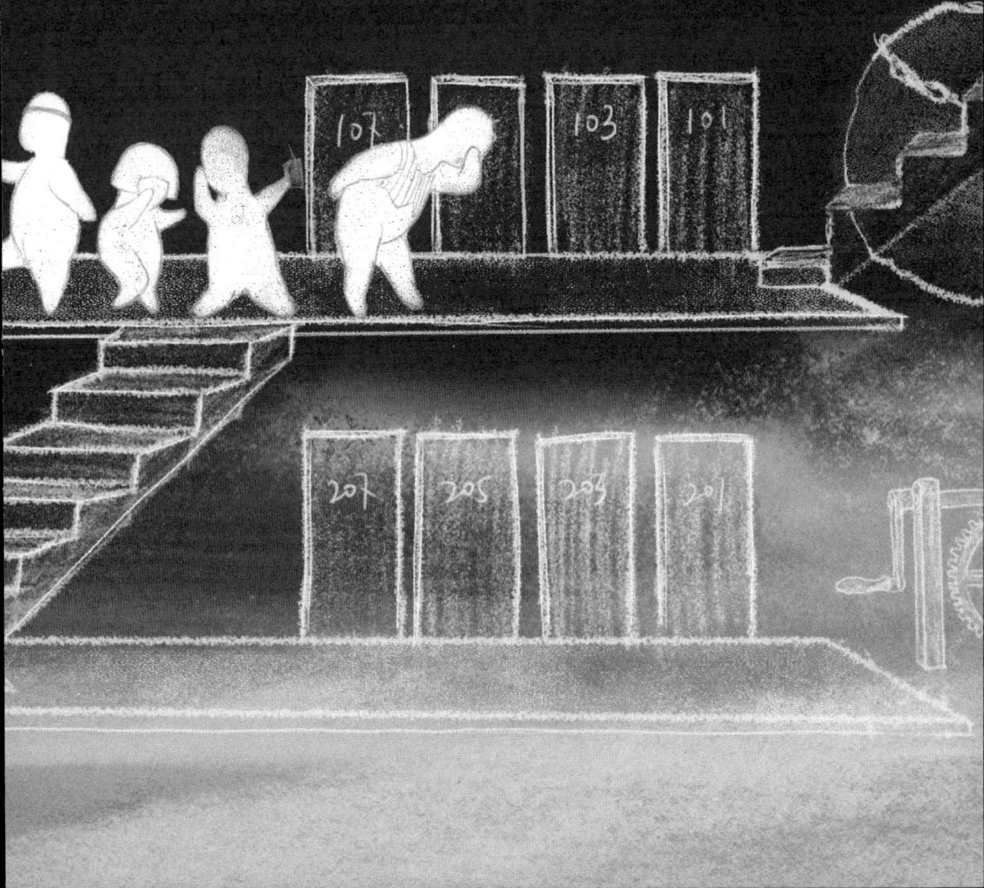

107
103
101
207
205
203
201

1

我们围成一圈坐在餐桌边上。

幸存者仅剩七人,每个人都能清楚地观察到所有人的脸。

由于紧张和疲惫,无论哪个人的表情都宛若死尸。可即便到了这个阶段,也没有人流露出形似凶手的动摇。

"各位都清楚吧,从此刻开始,我们必须决定好由谁留在地下,时间只剩下十二个小时了。

"但我现在说的话,是请各位暂时忘记这些,专心听我讲话。让你们忘记时限或许是做不到的,但请你们在思考我说的逻辑是否通顺之时,希望勿以时限为前提,否则我们将害死无辜的人。

"然后,我决定在锁定凶手的过程中,将完全不考虑各位的关系。比如由于死者是矢崎幸太郎,所以对其死亡深受打击的妻儿就不可能是凶手。为了尽可能不留下遗憾,包括我自己在内都是嫌疑人,谁都没有特权。

"在这个前提下,当大家都认可我的逻辑妥帖之后,再着手进行关键的议题,好吗?"

翔太郎将视线投向了在场的每一个嫌疑人,众人依次首肯。

真能揭露凶手是谁吗？无论哪个人都是一副将信将疑的样子。但即便时限迫近，翔太郎仍宣称会彻头彻尾地用逻辑推断指明凶手，多少让大家安心了些。

2

翔太郎勉力以平静的语调说道："那让我们开始吧，首先从裕哉之死开始复盘。

"大约一百四十个小时前，我们在地下建筑内等待天亮的时候遭遇了地震，然后用作路障的巨岩堵住了出入口的铁门，我们被关进了地下。更糟糕的是，建筑内还发生了浸水之厄，要是不牺牲掉某人的性命，就无法从这里逃生。

"在这一情况被明确的同时，裕哉君遇害了。就在各位四处寻找拆掉铁架的扳手的时候，他死在地下一层最边上的仓库里，死法是被绳索勒住脖颈。

"杀人手段极其单纯，不存在什么疑点。唯一古怪的是，凶手为什么要在被困在地下的那一刻把他杀了。

"凶手等同于把自己逼入了极大的窘境，一旦被指认出来，会被强制分配留在地下的角色，这都是可以想见的。

"而另一方面，对于并非凶手的人而言，该如何看待此事便显得十分棘手。如果裕哉不曾被杀，我们又会怎么做呢？为了确定牺牲者，搞不好已经展开了血腥的争斗。但不知是幸运还是不幸，这事被暂时搁置下来。

"虽然完全不清楚作案的动机，但我以为单凭动机根本无法确定凶手。从时机上看，我们只能认为谋杀是被这样特殊的情况所触发的。但这样特殊的情况对于所有嫌疑人来讲都很公平。

"那么，应该依据什么找出凶手呢？这是第一起凶案里最大的问题，除去动机，本案没有留下任何不解之谜。"

在犯罪现场，我们没有找到任何可用作线索的东西，凶手近乎完美地实施了首次杀人。正因为如此，我们甚至暗暗期盼会发生第二起凶案。

"不过凶手并非真的没有留下任何证据，只是我们尚未发现而已，恐怕也存在这样的可能。看漏了证据不可不说是痛心疾首，要是立刻联想到这样的可能性，或许就能阻止第二、第三起杀人案的发生了。这究竟是怎样的证据，如今只有询问凶手本人了。"

除去我和凶手，其他人应该并不知道翔太郎的话中之意。可听到翔太郎暗示说，正是没能注意到这点，才引发了第二、第三起凶案，不安的气氛登时弥漫开来。

弘子张开了紧闭的嘴唇，用僵硬的声音问道："那是什么？你说有证据？之前从没提过这个吧？"

"所以当我意识到这种可能性的时候为时已晚，再告诉各位已经没有意义了。下面再让我们复盘第二起凶案，听完以后，各位应该就能理解那个证据究竟是什么，寻凶也将自此进入正题。"

3

"第二起凶案发生在被关入地下的第二天晚上，沙耶加小姐被人杀害，甚至遭到了斩首。让我们先回顾下案发前后发生的事吧。"

翔太郎就像在朗读集会梗概一样，确认了那天晚上的时刻表。

"当晚八点左右，沙耶加从餐厅拿了一罐墨西哥辣肉酱罐头，在自己的房间里吃了晚餐，案发前一天，她和花小姐仍睡在同一个房间，但两人商量之后，决定分开起居，没错吧？"

"是啊。"

花失望地应了一声。

不过翔太郎全然不在意。

"就在单独用餐的时候，沙耶加将杯子掉在地上摔碎了。为了清理飞溅开来的碎片，她去了地下二层，在215号房的电工工具箱里取出了绝缘胶带，然后用这个清理掉了地板上的玻璃碴。

"就在清理完毕的时候,花小姐偶然去房间查看情况,然后她想到沙耶加的绝缘胶带刚好可以用来粘掉内衣上的毛球,就将其借走了,带回了自己的房间。之前听花小姐提到过这样的事情,没错吧?"

"嗯。"

花生硬地应了一声,像是在探寻翔太郎的真意。

交接胶带的场面我也远远看到了,所以这事应该是可信的。

"打扫完毕之后,沙耶加就开始找东西,从晚上九点半左右到晚上十点左右,有人目击到她在建筑物内徘徊,这也是肯定的吧?"

目击者隆平、麻衣和花对此点了点头。

"当时谁也不知道她在找什么东西,但是之后我们在工具箱上发现了沙耶加的手机,由于手机壳和工具箱上都沾有墨西哥辣肉酱的油渍,所以一定是沙耶加先前去取胶带的时候,无意间把它放在那里的。"

找到手机的人正是翔太郎,当时我已向所有人报告了手机被找到时的情况,所以对大家而言这并非什么新鲜消息。

不过翔太郎仍毫无遗漏地解释着:"打扫完玻璃碎片后,沙耶加发现手机被落在某个地方了,想必首先去仓库里找过吧。到最后去过的地方寻找是理所当然的。可她一直不曾发现深蓝色工具箱上的手机。

"要是这里找不到,她就只能按顺序把有可能的地方都看一遍了。慢慢地,自身的记忆也变得不甚可信,乃至于连不可能去过的地方都找了一遍。大概在座的各位都有这种稀里糊涂乱找东西的经历吧。"

"嗯,可以理解,我们偶尔也会做这种事。"

花应了一声。总算找到了可以安心共鸣的地方。

找东西是常有的事,我也时不时会犯这种错误,况且身在此处很容易被性命攸关的危机吸引注意力,这样的失败之举还会更多。

"是啊,应该不会有异议吧。让我们把话题转回案发经过,沙耶加在最后一次被目击,也就是晚上十点之后,她仍在继续寻找手机,并在地下二层遭到勒杀。

"然后凶手把刀插进了已被杀死的沙耶加的胸口,接着去地下一层取来无尘纸,割下了沙耶加的头。凶手把头遗弃在了某个地方,很有可能就是地下三层的水里,随即离开了现场。

"沙耶加的行李也被凶手拿出房间处理掉了,虽然不知道是在什么时间点进行的,但无疑是凶手干的吧。

"好了,案件的梗概大致如此。和裕哉那时不同,第二起凶案中包含了诸多谜团,其中最奇怪的是凶手为何特意割下沙耶加的头。让我首先解释这个理由吧。"

凶手为何特地要割下尸体的头?在发现尸体的当夜,我已经听到了答案。

沙耶加的手机中保存着可能不利于凶手的数据，为了掩盖这个，凶手不得不杀了她。

可最关键的手机被她弄丢了，不知道在地下建筑中的什么地方。

要是将被杀的沙耶加放置不管的话，一旦找到了手机，使用尸体的脸便能通过手机的认证，凶手想要隐藏的数据就有可能暴露在众目睽睽之下。因此凶手才决定割掉沙耶加的头——就像之前告诉我的那样，翔太郎又向众人一模一样地解释了一番。

刚刚知晓状况的众人兴奋起来，纷纷将视线投向桌面上沙耶加的手机。

弘子开口道："你刚刚说的遗漏的证据指的就是这件事吗？手机里保存着作案的证据？"

"大概吧，只能这么想了。"

"你说过这个手机坏了吧？"

"没错，当我找到的时候已经被水淹了一半，哪怕没坏，我们能看到数据的可能性也很低。要是没法用人脸识别，就只能用密码了。可这是极其困难的，弘子女士也该知道的吧。

"凶手的目的已经达到了，我们并没有确认数据的办法，而我所说的证据，事到如今就只能去问凶手本人，就是这个意思。

"可在一系列毁灭证据的行动中,凶手又留下了另一条线索,只要追溯这条线索,就能将凶手的范围缩小到一定程度内。柊一,在沙耶加的凶案中还有尚未解决的谜团,请帮忙回忆一下。"

"嗯?哦。"

沙耶加遇害的当日,我提出了七个谜题,其中四个已经有了解答,其余仍是悬而未决的状态。

"首先,杀害沙耶加的凶手究竟是谁,这也太过平常了。还有,凶手为什么要拿刀刺进沙耶加的胸口。再有就是凶手为什么要特地去地下一层的仓库取来无尘纸。就是这三条。"

"非常正确。"

作案后,凶手似乎明明没有什么特别的需求,却在沙耶加的胸口刺了一刀。而且为了擦拭血迹,尽管地下二层存有不少清洁布,可凶手还是去了地下一层取来了无尘纸。对于凶手的这两个行为,至今仍未找到合理的解释。

"刚才柊一提到的那几条,刀子本身就和凶手的犯罪动机有关。在这般极端的状况下,在解释凶手为何杀人这个问题的时候,刀子就显得尤为重要了。

"可在这起案件中,确定凶手之前是没办法谈论动机的。让我们先从无尘纸说起吧。凶手把沙耶加斩首,为何不直接用地下二层的清洁布擦血,而是特地去了一层拿了无尘纸呢?

"出入位于地下一层的 118 号房伴随着莫大的风险,因为有人睡在附近的房间，要是凶手悄悄带走无尘纸的样子被人目击，在发现无头尸的时候就会首先遭到怀疑。事实上，有迹象表明凶手在取走无尘纸时曾小心不发出声响，在场各位也都确认过了。"

原先装着无尘纸的筐子并没有放回货架，而是一直摆在地板上。可凶手又把地下二层的工具收纳箱收拾得整整齐齐。所以应该是在提防将筐子放回金属货架的时候会不慎发出声响。

"明知道多少有些风险，可凶手还是要去取无尘纸，这是为什么呢？很难想象凶手不知道地下二层有清洁布，清洁布就放在犯罪时用过的工具箱的旁边。也就是说，凶手需要的并不是清洁布，就是无尘纸。

"可是在擦拭血迹这个功能上，清洁布和无尘纸并没有什么区别，用哪个应该都行。所以凶手是把无尘纸用到了擦血以外的用途上。

"那么凶手究竟用无尘纸做了什么呢？请想想无尘纸能做什么，而清洁布不能做什么吧。有人知道这两者的区别吗？"

对于翔太郎这个孩子个性教育似的问题，没人愿意回答。

无奈之下，只得由我说出了自己的想法：

"怎么说呢，无尘纸比较容易点燃之类的吗？"

"或许有吧，但在本案中，凶手应该没有用火的痕迹。更何况这处地下建筑里原本就没有火种。是更单纯的情况哟。"

"那就是——相比清洁布，无尘纸更轻、更薄，再加上容易撕破。"

"没错，就是这么回事。"

看来被我说中了。

可我仍旧没有半点头绪，虽说无尘纸确实又轻又薄，还容易撕破，可凶手究竟拿它做了什么？

"具备这种特性的无尘纸究竟有何必要呢？只需再现斩首时的情形就清楚了。

"凶手杀死沙耶加后，躲在206号房里割下了她的头，这究竟要多久？穿上长靴，戴上围裙和手套，用锯子锯断脖子，最后再收拾干净，估计至少需要十五到二十分钟。毕竟并非自己熟悉的事情。若小心操作，花上将近一个小时也不足为奇。

"在这段时间里，凶手当然要慎之又慎，生怕被某人发现。声音倒是不必太过担心，那里距离机械室很近，只要动静不算太大，就会被发电机的噪声淹没。

"问题出在光线上。各位觉得凶手能仅凭手机上的LED电筒就完成斩首吗？"

众人都谨慎地摇了摇头以示否定。

仅凭手机灯光是很难做到的吧，只是照着手边实在令人不甚安心，要是不小心把血溅到自己衣服上，那就再也撤不干净了。而且这里没有支架，只能把手机靠在墙上，这样一来，操作会变得越发困难。

"没错，凶手也是这么想的，在实施斩首的时候，他一定想打开房间的荧光灯。

"这样一来，有些事情就不得不考虑。除去出入口的铁门，这处地下建筑的门都很简陋吧？而且因为没有门框，所以要是开着荧光灯，亮光就会漏到走廊上。

"如果只是这样倒也好说，但对于凶手而言尤为不便的是，位于地下二层的那个房间附近走廊上的荧光灯已经坏了，周围变得很暗。从房间里漏到走廊上的灯光相当惹眼，万一有人下到地下二层，立刻就会发觉房间里的荧光灯是亮着的。"

"确实是呢。"

这么说来，凶手在操作的时候，绝不可能对漏出的灯光无动于衷，这是再明白不过的道理，可我完全没注意到。

"要是灯光被人发现，对凶手而言很可能是致命的。因为那里本该没人，要是有人前来查看情况，那就无路可逃了。凶手必须确保万一有人下到地下二层时，不会有灯光漏出来。

"反过来讲，只要采取防止漏光的措施，就能大大降低被发现的危险，那个房间里头并没有什么不得了的东西，所以很难想象会有人特地跑去那里。

"总而言之，凶手必须设法堵住门缝，这就是他去地下一层拿无尘纸的原因。"

"必须是又薄又轻的东西吗？"

"对，清洁布太厚了，塞不进门缝。如果是无尘纸的话，只需小心点塞进去，应该就能彻底挡住漏出的光。待操作结束后，再用它擦去地板上的血，连同头颅一起处理掉。"

翔太郎的一番解释，令众人像是轮胎漏气一样，不停地发出"嗯""对"之类的轻声叹服抑或赞同的声音。

为了在锯断颈部的数十分钟之内，不让光线从房间里漏出来，凶手特地去地下一层取来了无尘纸。除此之外，再也找不到其他解释。

众人再度紧张起来，将敬畏的目光投向了翔太郎。他声称自己打算以令所有人信服的逻辑来指定凶手，而这一点正在化为现实。

翔太郎接着说道："我们已经清楚地知道凶手为何需要无尘纸，而且这对于确定凶手有着极其重要的意义，因为要堵住门缝，还有比塞无尘纸更容易且安全的方法。柊一，假使你在自己住的公寓里，打算堵住家里的门缝，你会怎么做呢？"

翔太郎逻辑的轮廓在我眼里一点一点清晰起来。

"就是用胶带吧，用胶带之类的东西贴住门缝。"

"没错，这是为了不让光线漏到外边的首选吧，一般情况下，我们不会选择把无尘纸塞进门缝这种迫不得已的方法。

"而且在这个地下建筑里，凶手想用这种办法也不是不可能。

地下二层有各式各样的胶带，有人知道，也有人不知道。在工具仓库边上的205号房，左手靠里的货架从下往上数到第三层的地方，就放着纸胶带和塑料胶带。"

这些是我和翔太郎在寻找六角扳手时发现的东西。

"为了防止漏光,明明还有用胶带贴住门缝这样更好的方法。尽管如此，凶手仍旧特地跑去地下一层取来了无尘纸。

"在地下一层的仓库里，不可能有其他必需品，这点之前也确证过了。

"也就是说，凶手出于某种原因，没使用胶带把门缝贴住。那么究竟有谁没法使用胶带呢？只要往下追究，就能将凶手的范围缩小到两个人身上。"

翔太郎顿了一顿，像是在催促众人做好心理准备。

终于要从七人之中抽选出无罪者和并非无罪者。

"首先，虽然有些偷跑的嫌疑，但还是请把我和柊一首先排除在嫌疑人名单之外吧。因为地震之后，我俩在那间仓库里找到了装着胶带的纸箱。也就是说，我和柊一都知道地下二层的那间仓库里有胶带，没有必要特地去地下一层去取无尘纸。关于这点，矢崎女士一家应该能够为我们做证。"

翔太郎将视线投向弘子。

弘子犹疑了片刻，但还是坦率地回答道："是的，确实如此，这两个人应该知道胶带的事。"

当时我们正把从仓库里拿出的胶带给矢崎一家看，询问能不能用。因为工具箱里有绝缘胶带，所以就没用上。不过也借此证明了我们的清白。

翔太郎很干脆地表明了自身的清白，然后继续说道："花小姐也不可能是凶手，因为在案发之前，为了粘掉衣服上的毛球，她从沙耶加那里拿了绝缘胶带。如果花小姐是凶手的话，可以直接用绝缘胶带粘住门缝，她也没有去取无尘纸的必要。"

"嗯，对。"

花瞪大了眼睛，大概还没来得及理解话中之意，就这样应了一声。

翔太郎点了点头，接着转向弘子他们问道："矢崎女士他们理应知道地下二层有胶带，却不知道在哪里，这里没有办法证明，因此不能算作无罪的证据。但倘若矢崎女士他们是凶手的话，应该没必要一上来就割掉沙耶加的头。

"这是为什么呢？只要模拟一下就很明显了。

"如果是矢崎家的某人想要堵住门缝，又会怎么做呢？他们首先想到的会是存放在215号房的工具箱里的绝缘胶带吧？因为这是前一天用过的，如果矢崎一家的某人是凶手的话，他们理应会想到用这个来堵缝。自不必说，由于东西就在地下二层，所以不会引人注目。

"事实上，胶带已经被沙耶加拿走，并没有收在工具箱里，可要是凶手不知道这一情况，自然会试图打开工具箱去取胶带。

"而工具箱的盖子上还放着沙耶加的手机。哪怕手机壳和工具箱的颜色再怎么像，只要把盖子打开，就没有发现不了的道理。

"也就是说，如果矢崎一家的某人想堵门缝的话，就一定能找到沙耶加的手机。

"只要手机被他们找到，那么斩首沙耶加的动机就会消失。因为斩首本身就是为了让其他人无法解锁不知去向的手机，一旦手机被找到的话，就不必在意头，只需把手机扔进地下三层即可，没必要冒这个风险。因此凶手并不在矢崎一家。"

"需要我先做出反驳吗？"

脸色苍白的隆平正待开口，翔太郎先用右手制止了他，又补充了一句："我刚才的逻辑是以矢崎一家不知道沙耶加把绝缘胶带从工具箱里取走为前提的。如果知道的话，他们就有可能去地下一层取无尘纸。

"那么，矢崎一家有机会知道这事吗？让我们讨论一下这个吧。

"首先，矢崎一家有没有可能目击到沙耶加手上拿着绝缘胶带在走廊上走动呢？

"这是不可能的。沙耶加拿着杯子和罐头回到房间是在晚上八点前后。差不多九点的时候，她把胶带拿给了花，要是真被目击到了，就一定是在这一个多小时内。可在这个时间段里，矢崎一家一直把自己关在103号房，这点我能证明。因为我和柊一当时一直待在餐厅里，要是矢崎一家在这段时间出门，途经走廊的话，我们就绝不可能注意不到，对吧？"

"是的，我们并不知道胶带被拿走了。"

弘子这样回答道。

这事我也有印象。当时我和翔太郎就在餐厅里吃晚饭，还尝试过修理炉灶，除了晚上七点前矢崎来取罐头，一家人从未离开过房间。

"要是还有一种可能性，那就是凶手在杀害沙耶加之前，从她本人那里了解到绝缘胶带已被拿走，然而这似乎也不太现实。那是因为凶手为了不被沙耶加觉察，是从背后悄悄靠近勒住脖子的吧。凶手在下手之前，理应尽可能避免与受害者对话，要是沙耶加发出很大的声响，就必须放弃作案的念头。谋杀的机会十分有限，当时沙耶加正在找东西，这对凶手来说是个千载难逢的良机。在这种时候，根本没必要特地找对方聊天。"

沙耶加讲话一贯响亮，凶手理应很忌惮她开口说话才对，而且就算两人之间有过交谈，也绝不可能是沙耶加特地告诉矢崎一家自己把绝缘胶带带出来了。

我、翔太郎、花、矢崎弘子和隼斗皆被排除在嫌疑人之外，正如翔太郎所宣告的那样，凶手被限定在了两人身上。

我们七人的阵形正在崩解，原本在长桌边围成一圈的七人，变成了五人围着隆平和麻衣的状态。

隆平颤抖着身体大声喝叫:"没这种事!简直是一派胡言,光凭有没有去拿无尘纸就能确定凶手吗?凶手也有可能是为了构陷我和麻衣才这么做的吧?如果是这样怎么办?"

而翔太郎不为所动。

"幸好——应该说非常遗憾,这种可能性是不存在的。在我看来,凶手绝不会只为把怀疑引到某个人的身上而故意采取不合理的行动。

"若要去地下一层取来无尘纸,再割下沙耶加的头,对于凶手而言风险太高。

"没错,如果凶手真是故意利用地下一层的无尘纸嫁祸给隆平和麻衣,那么凶手就该通晓一切,他必须知道沙耶加拿走绝缘胶带的事情,还要知道手机就放在工具箱上。若非如此,就没法制订这样的计划。

"这本身已经很难想象了,照这么假设,凶手明明知道手机在什么地方,却特地割下了沙耶加的头。

"斩首并非为了隐藏数据,仅是为了栽赃给你们,这有可能吗?无论多么小心谨慎,这样操作都随时伴随着被发现的危险。若以这样的计划嫁祸于人,未免太兜圈子了。凶手在犯罪时就为逆向推翻我的逻辑做好了准备,各位觉得这有没有可能呢?"

对于翔太郎的疑问，包括隆平和我在内的每一个人都以沉默作答。

不得不承认，无论是斩首，还是去取无尘纸，归根结底都是凶手为自己做了该做的事而已。

可是，作为最终嫌疑人的两人组却动摇了我的情感。

凶手是这两个人中的某一人，我之前并非没有考虑过这样的可能性。倒不如说这是个扰乱心神的大问题。麻衣和隆平，究竟谁是凶手？二选一的结果，对我和在场众人的命运都有着莫大的影响。

翔太郎叮嘱似的对隆平说："好，隆平君，你还有什么想说的吗？"

"没……"

"那就好，请先听我把话说完。"

隆平紧咬牙关，朝翔太郎瞪了过去。

翔太郎并未理会，这次他转向麻衣问道："那麻衣小姐呢？现在这个时候，要是有什么想反驳的，我这边洗耳恭听。"

"没有。我觉得翔太郎先生的推理非常厉害，堪称完美吧。"

麻衣谦逊地回答道。

隆平向她投去了呼吁共同作战的视线，可麻衣连瞧都不瞧一眼。即便到了这种境地，她似乎仍拒绝与丈夫联手。

4

待两名嫌犯被包围后,翔太郎展开了最终审判:

"到第二起案件为止的谜题都已解释完毕,凶手的范围已被缩小到了两人,但也只能到此为止了。至于隆平和麻衣究竟谁是凶手,还缺少决定性的线索。但就在不到二十五个小时前,发生了第三起凶案。矢崎幸太郎遇害,或许这是一桩本无必要的凶案,我却由此获得了关键的证据。这样就可以把两个嫌犯定为一个。先让我们回忆一下案发的大致情况。"

翔太郎照例宣读了凶案发生当晚的时刻表。

"矢崎先生把潜水器材带进了地下二层的工具仓库里,在此潜伏下来。据弘子他们说,开始的时间是晚上七点左右,没错吧?"

"对。"

弘子和隼斗将视线从两名嫌犯身上移了开来。

"这么做是为了埋伏凶手。矢崎在地下建筑中寻找杀人证据,然后在仓库里头的货架后边发现了一把带血的小刀。

"虽说不知道凶手这么做的缘由,不过矢崎先生认为,既然凶手把刀藏了起来,理应就会过来取吧。然后他使用潜水器材藏在水里,试图抓住凶手。

"他的企图似乎没有落空。晚上十点四十八分左右，凶手潜入伸手不见五指的仓库，于是矢崎按计划躲进水里，开始用手机拍摄视频。

"凶手在取回刀子之前，就发现货架下层藏了人，于是他拿起修枝剪，杀害了躲在水下的矢崎先生，然后撇下了刀，匆忙离开了现场。

"凌晨两点半左右，弘子和隼斗发现了尸体。

"以上事实大都基于这两个人的证词，但也没有怀疑的必要吧。不管怎样，凶手无疑杀害了藏在水中的矢崎先生。这才是重点。

"乍一看，本案也没留下指向凶手的直接证据，矢崎先生留下的视频当然也没拍到凶手的脸。不过仍留有间接证据。凶手脱下的涉水裤连同指甲钳和拉链袋一起被扔掉了。"

这两样东西原本装在裕哉背包里，凶手背着我们将其带了出去。

"凶手拿走指甲钳是要做什么呢？我实在不认为去仓库拿刀需要带着这种东西。说起来，特地携带指甲钳去地下二层办事，这本身就是一件难以想象的事情。

"而且，在嫌疑人范围已缩小至两人的情况下，凶手拿了裕哉的指甲钳就显得更加奇怪了。为什么这么说？那是因为地下建筑里还放着另一把指甲钳，而且隆平和麻衣都知道这事。

"机械室办公桌的抽屉里就放着一把指甲钳,麻衣小姐和隆平君来这里的那天晚上都看到了,没错吧?"

这事我也记得。当裕哉、花和沙耶加为了寻找手机信号外出的时候,留在机械室里的两个人都看到了。

见麻衣和隆平并没有出言否定,翔太郎继续说道:"如果真需要指甲钳,用这个就行了,根本没必要特地躲过我和柊一的眼睛去拿裕哉的东西。如此看来,凶手拿着指甲钳的原因只有一个,那就是将其扔掉。"

"为了扔掉?"

我抬高声音反问了一句。

"没错,凶手正是为了将其扔掉,才把指甲钳拿到了地下二层,因为是偷偷拿出来的,要是扔在地下一层的什么地方,被人发现会有些不方便。

"既然如此,倒不如趁着去地下二层的时候,顺手将其舍弃在某个隐蔽的地方。由于这里已经浸水,所以不必担心被人发现。对于凶手而言,这恐怕是最简单可靠的处置方法。

"可不承想地下二层的仓库里居然躲着矢崎,凶手杀了预定之外的人,在惊慌之余没有遗弃指甲钳,而是在脱掉涉水裤的时候顺手将其抛了出去。反正原本就打算扔掉。

"事情的概况就是这样。总而言之,凶手并非为了使用指甲钳才将其带在身上的。"

"那凶手为何要拿走裕哉的指甲钳呢？"

"既然指甲钳派不上用场，那么所需的就是另一件东西。"

翔太郎从长桌上拿起了带拉链的小塑料袋。

"需要的是这个吗？"

"没错，凶手就是需要这个。更进一步说，这两个人中谁需要这个谁就是凶手。有谁能想到凶手在出入地下二层的时候为什么需要这个吗？

"并不是用来装收回来的刀哟，对于刀而言，这个袋子太小了。何况若是这样的用途，地下建筑里还有垃圾袋，裕哉的背包里也有好几个叠好的塑料袋。对于凶手而言，这样的袋子不行，必须是带拉链的袋子。在地下二层需要用到这种小袋子的理由只有一个，没那么难解，谁都能想象得到。"

翔太郎虽然这样说，但解答者并没有出现。也不知是没人想得出来，还是害怕说出决定凶手的答案呢？

我仍旧摸不着头脑，实在看不下去的翔太郎对我说道："要是还不明白的话，就请回想一下矢崎先生在视频中拍到的东西。想到了吗？凶手是举着灯光进入浸水的仓库的，你觉得那是什么灯呢？"

"啊！哦哦——对啊！是手机！"

"没错。"

矢崎拍摄的视频里，确实出现了手机 LED 的灯光。

"凶手是拿手机当照明进入仓库的，那他是直接拿在手上的吗？恐怕不是哟。在齐腰深的水里走动时，会有不小心脱手的顾虑吧。万一手机坏了，在地下便会寸步难行。凶手应该是想确保万一掉进水里也不会有事。所以他决定借用裕哉的拉链袋，指甲钳只是无用的附赠。要是拿来装手机的话，就没法用普通的塑料袋或垃圾袋，这样操作性太差，而且尺寸太大，非常难拿。"

要是把手机装进拉链袋里的话，在洗澡的时候也能用——我似乎在哪儿听到过这样的生活小技巧。

翔太郎表决似的说道："凶手把手机装在拉链袋里，而且考虑到若将其带在身上可能会成为证据，还将其和指甲钳一起遗弃在了现场。有谁不同意这个结论吗？"

无人提出异议。隆平本打算诘问几句，却似乎没找到合适的言语。

翔太郎终于触及了核心：

"只需以此为前提，便能简单地锁定凶手。既然要把手机装进小袋子里，就意味着有必要这么做。也就是说，凶手的手机不具备防水功能。来，隆平君，麻衣小姐，请你们两个把手机拿出来给大家看看吧。"

包围圈里的两个人头一次对视了一眼。

接着，隆平和麻衣像是说好了一样，以郑重的手势同时掏出了口袋里的手机。

没必要确认，答案已昭然若揭。地震发生后不久，在地下二层的小房间里确认水位是否上涨的时候，隆平不小心把手机掉进了水里，而他的手机安然无恙。

还有，当我和麻衣一起走过淹水的地下二层时，我在黑暗中举着手机照明，她则紧靠在我的身边，不肯拿出自己的手机，不正是担心手机会不小心掉进水里吗？

翔太郎关掉两部手机的电源，依次打开 SIM 卡槽，只要看看上边有没有橡胶垫圈，就能分辨是否具备防水功能。然后他将手机展示给所有人看。

待众人确认完毕，翔太郎才下了判决：

"能防水的是隆平的手机。而麻衣的手机是没有防水功能的。"

我顿感贫血，眼前犹如被沙暴遮蔽一般幽暗无光，脚底绵软脱力。

"不——不可能的，肯定是有人陷害——"

令人意外的是，想要提出反驳的人竟是隆平。

翔太郎断然否定道："首先声明一下，和第二起凶案一样，矢崎先生遇害的证据绝不可能是有人故意为之。某人为了将嫌疑指向持有非防水手机的人，才将拉链袋和涉水裤一起抛弃，这未免太不现实了。由于这完全是突发事件，就连凶手都始料未及。好了,麻衣小姐,凶手已经确定了,要是有什么想说的话,请务必说来听听。"

翔太郎询问道。

"没……没什么可说的了。你说得对,就是我杀死了裕哉君、沙耶加和矢崎先生。"

5

把隆平从嫌疑人中剔除出去,圆阵的中心仅留下麻衣一人。

众人都以战栗的眼神瞪着她,仿佛围着一个意外迫降的外星人。

麻衣的所作所为超出了大家理解的范畴。而我们即便不明就里,也以绝不让她逃跑的意志包围着麻衣,就似要对付一个言语不通的怪物。

而翔太郎仍旧和刚才一样,以平静的语调向麻衣搭话:

"麻衣小姐,接下来还有很多事情必须跟你谈谈,不过在那之前,我想先把动机弄清楚,要是可以的话,我想请你自己说。"

麻衣微微抬起了头。

"既然知道了,可以拜托翔太郎先生说吗?这样应该更好理解吧,我肯定讲不好。"

"那就由我来说吧。若有错误,还请纠正。"

留到最后的谜团乃是动机。

得知麻衣是凶手后,我的心中萌生一个想法,像是某种不妙的预感。

真的是这样吗?

翔太郎不情不愿地开始了说明:"关于动机之谜,可以说仅限于第一起凶案,而第二、第三起凶案,全都是为了防止罪行败露而犯下的,当然了,也并不只是为了不想败露。

"不管怎么说,裕哉的遇害都极其难解。由于意想之外的地震,我们十个人被困在了地下,在不牺牲某人就无法逃脱的情况下,凶手杀了人。

"当然了,杀人不是为了泄恨,也并非为了谋财。如果真是这样,根本没必要在这种时候动手。

"麻衣小姐第一个发觉了我们的处境,决定实施杀人。既然在这种时候杀人,就该具备非在此时杀人的理由,那她究竟图什么呢?

"我觉得答案只有这个——当裕哉的尸体被发现时,我们判断必须找出杀人凶手,让那个人承担留在地下的角色,对吧?杀人的目的就是想要制造那样的状况。

"是否能通过杀人,将'为凶手带去最为残酷的死法'转嫁到某个怀恨已久的人身上——这就是麻衣的计划。"

想将罪行转嫁到某个怨恨的人身上。那她怨恨的人又是谁呢?

好似被翔太郎的言语射中一般,隆平浑身颤抖,他看向了妻子,一副难以置信的样子,像是在问这真是自己熟识的麻衣吗?

直到刚才,隆平仍想保护麻衣,无论两人的关系如何龃龉,他仍旧无法接受自己的结发妻子是杀人凶手的事实。

可这已然得到了证明。而且,她最终的目的正是让隆平自身以一种极其残酷的方式丧命。

麻衣没有辩解,对于翔太郎的说法,她似乎并无异议。

于是翔太郎继续往下解说——

"那么,究竟要如何才能栽赃给隆平君呢?她只能准备假证据,即插在沙耶加胸口的刀。

"杀死裕哉的时候,她没有空闲准备假证据,因为一旦用绳子绞死对方,她就必须立即离开现场。在第一起凶案中,我们苦于完全没有证据,可对于凶手麻衣来说,也有着一样的苦恼。

"因此她杀害沙耶加的时候才会顺便准备一把带血的刀,并将其藏在货架上。她计划看准时机,将其藏进目标人物的随身物品里。

"一般情况下,不会有人以如此幼稚的方式栽赃给别人。可在这处地下建筑里,情况就完全不一样了,我们困于时限,必须在此之前决定好由谁留在地下。

"假设在完全找不到凶手踪影的情况下,时间所剩无几。这时候若在某人的随身物品中找到了这把带血的刀呢?如此一来,试问我们又会怎么做?"

我们大概会不容分说地把持刀者认定为凶手,责难他,围殴他,强迫他转动卷扬机。

可以说,此刻的我们正是完全凭借着翔太郎的逻辑勉力维持着理性,要不是因为他的推理而明确了凶手,当下已然进入了拷问隆平的阶段也毫不奇怪。

"该计划必须在将近时限的情况下实施,必须等到大家焦躁不安,失去判断力才行。麻衣藏起凶器正是为了这个。她留存着凶器等待时机,不承想还没来得及用,就被矢崎先生发现了。"

结果,麻衣就将矢崎先生一起杀了。

"麻衣小姐,以上便是我说的动机,有什么需要纠正的吗?"

"不,没有。"

"好吧——还有个事姑且问一句,留在沙耶加手机上的证据究竟是什么呢?"

麻衣头一次变得吞吞吐吐。

"事实上,沙耶加拍的照片里,恰好有我用来勒住裕哉脖子的绳索。来到这里的当晚,沙耶加在四处拍摄建筑物的内部的照片,对吧?

"沙耶加完全没有意识到自己拍的照片里出现了绳索。可当大家寻找六角扳手的时候，唯有我出入过那个房间。要是仔细观察沙耶加的照片，说不定就会发觉唯有我能拿走绳索了。"

"哦，原来如此。"

虽然在听，可翔太郎似乎并不感兴趣。

众人对此并不在意。既然已经知晓凶手是谁，那么有件事情就必须立刻做出决定。

翔太郎盯着圆阵中心的麻衣说："好了，接下来让我们讨论一下留在地下的角色该怎么分配吧。"

6

我们盯着麻衣，就像从笼子外边观察就擒的野兽一样。

尽管如此，谁都没跟她搭话。麻衣究竟在想什么呢？我们欲从她的表情中窥知一二。

"必须死刑。"

隼斗嘟囔了一声。

弘子赶紧捂住了儿子的嘴。

"也是呢。"

麻衣平静地应和着隼斗，就像打发幼儿园的小孩一样。

而我尚未从头部挨了一拳似的冲击中恢复过来，麻衣是杀人凶手，我根本不愿面对这个事实。

我回想起了数小时前仍在暗中思考的事情。

等待手机解锁期间,这些事情在我脑海中久久萦绕——我究竟希望凶手是谁呢?还有,究竟谁是凶手,才会接受被留在地下的命运呢?

我希望的凶手正是隆平,麻衣也抱有同样的期盼。就在她欲将其实现之际,却功败垂成。不承想她竟真有这样的想法——这些凶案或许皆是由于自己的意念而引发的,我萌生了这样的错觉。

没人知道该怎么处置麻衣。究竟是把她说服即可,还是大家一起上,真对她实施拷问呢?

一旦凶手站在自己眼前,所有人都丧失了这样的觉悟。大家只是一厢情愿地期待着麻衣主动提出牺牲自己。

不久,翔太郎打破了沉默:

"麻衣小姐是在深思熟虑的基础上才实施了犯罪,自然也能料到会有这样的发展。我想知道当时的你是什么打算?"

"不知道——我不是为了失败才制订计划的。"

麻衣的真实想法至今仍叫人捉摸不透。

毫无疑问,她是穷凶极恶的杀人犯,可我们要是强迫麻衣留在地下,也和杀人犯几无分别。自己真有这样做的勇气吗?我们六人扪心自问,踌躇不前。

终于,弘子抱起了儿子的肩膀对麻衣说道:"求求了,救救我们吧,这孩子才十五岁啊。"

于是花也跟进道:"麻衣,求你了,能不能想想办法?只有麻衣才能做到。"

接着,隆平也以从未自他口中听闻过的温柔语调说道:"求求了,麻衣,救救我们吧。"

麻衣不可思议地看着低头拜托自己的三个人。

翔太郎则以老师劝诫顽劣学生般的口吻对麻衣说:"麻衣小姐,在这种极端的状况下,我相信你是最能做出理性判断的那个。"

眼前堪称异样的光景。

矢崎家的家人惨遭杀害,隆平差点遭到陷害凄惨殒命。可面对那个凶手,众人纷纷低下了头,祈求她救自己一命。

他们的措辞万分谨慎,既避免触怒麻衣,也绝口不提她会因为这般恳求而身陷死地。为的是逃到地面后回想起这一刻,也可战战兢兢地告诉自己,麻衣之死与己无关。

而我无论如何都没法对麻衣开口。

众人恳求麻衣的模样,实在是过于丑恶。

倘若唯有我不求她去死,或许相比他们还要卑怯得多。可若连我也说出口的话,便意味着所有人都请求麻衣去死。

这样真的好吗?我回想起数日前在楼梯上和麻衣聊过的那

个不被爱的人参与死亡游戏的寓言。被大家恳求去死，不被任何人所爱的麻衣，会不会豁出性命去拯救我们呢？

难道唯有我不该请求她去死吗？

麻衣真是凶手吗？翔太郎的逻辑无懈可击，然而这些凶案的残暴程度，在我看来无论如何都与她格格不入。

麻衣似乎在等我开口。

然而，她最终还是放弃了，面带微笑对我们说："嗯，事情会变成这样，其实我早就知道了。好吧，我会把岩石拽下来的。毕竟这才是最好的办法。"

究竟谁是凶手，才能在不必用强的情况下接受留在地下的命运——

这个人恐怕就是麻衣吧。

我就是这么想的，而且恰中正解。

1

距离时限还有九个多小时。

剩下的时间全都给了麻衣，大家齐心协力为她准备行装，为的是在拽落岩石后，让她在此度过残存的时间。

原属裕哉的充电宝和拉链袋全都给了麻衣，翔太郎也把带来的文库本让给了麻衣。所有看起来有用的东西全都送给了她。

花将吃了一半的软糖袋递给麻衣,用颤抖的声音说:"要这个吗?给你。"

"谢谢,我要了。"

麻衣瞥了眼包装上的插画,收下了这个。

麻衣将伴随着这些东西度过最后的时光。在宛如洞窟的狭小房间里,一味地等待冰冷的水迫迫而至。这究竟需要多少时间呢?会不会在溺亡之前,就因缺氧而死呢?

翔太郎去地下二层确认水位,他告诉我们,浸水的速度说不定正在加快。当然了,哪怕水有增加的趋势,程度也微不足道,远没有到达让时限提前的程度。

而这一情况并没有告知麻衣。

麻衣一边给手机和充电宝充电,一边等待着那一刻的到来。

从远处看去,她显得很是轻松,只见她坐在餐厅椅子上,正哗啦哗啦地翻着翔太郎给她的文库本游记。

所有人都远远地监视着她,生怕万一靠得太近,会刺激到她的神经。

总觉得众人有意无意地让我远离麻衣,两人独处的机会当然不会有了。他们似乎担心麻衣和我对话后会改变主意。

在所剩无几的时间里,麻衣似乎仍在等我开口。可我仍不知道该说什么。而且无论说什么,我对她见死不救的事实都不会有半分改变。

在距离时限还有两个小时的时候，翔太郎以平静的声音呼唤着麻衣：

"麻衣小姐，差不多了。"

"好。"

麻衣自长桌跟前站起身来。

一直以来镇定自若的她，此刻似乎也因恐惧而瑟瑟发抖。她将小小的登山包背在肩上，一步一步踏着地面，徐徐来到了走廊之上。

在下到地下二层之前，麻衣提出想去机械室看看。

她打开显示器，凝望着外面的景象。

出入口的影像也好，紧急出口的影像也好，地面上的情况果然没有半分变化。

麻衣只看了数十秒钟，随即心满意足地说道："那我们走吧，最好别耽搁太久。"

众人来到了楼梯跟前。

地下二层的水位已经上升到了肚脐位置。

麻衣当着众人的面穿上涉水裤，然后走向楼梯，待走到水没过膝盖的位置时，她扭过头来看向了我。

"接下来就没问题了吧？不必担心，我会把事办好的。"

她对前来送行的我们这般说道。

众人都把脸背了过去，并不打算对麻衣做此生最后的道别，负罪感总是挥之不去。虽说她的确接连害得三人命丧黄泉，但无疑也为我们牺牲了性命。

回想起麻衣在楼梯上说的那句羞耻之言——"无论如何，我都想活着回去"。这句话有个前提，那就是活着回去之后，有我陪她共度余生。

我内心总有个挥之不去的念头。

要是自己主动放弃逃脱，和麻衣一起留在地下又如何呢？到了那个时候，她又会对我说什么呢？

在不知道答案的情况下度过余下的人生，令我感到害怕。

而且，倘若麻衣接受了我，在那个小房间里，两人一起度过死前的短暂时间的话……

那恐怕是终其一生都无可取代的时光吧。

除了此刻，我再也没机会说出口了。并不存在不用杀死麻衣的方法。而我若陪她一起留在地下，就不算杀了她，除此之外，亦不存在逃脱罪孽的方法。

我和楼梯下面的麻衣四目相对。

我全身热得似火燎一般，纠葛之情在全身奔走。

而数分钟前看到的监控影像拽住了我。

马上就能回到地面了，还有比这更有价值的事情吗？终于，我对麻衣开口道："那就再见吧。"

她像是早就料到一般，对我的告别词点了点头。

"嗯，我走了。"

麻衣背对着众人，伴着水声，消失在昏暗的走廊之中。

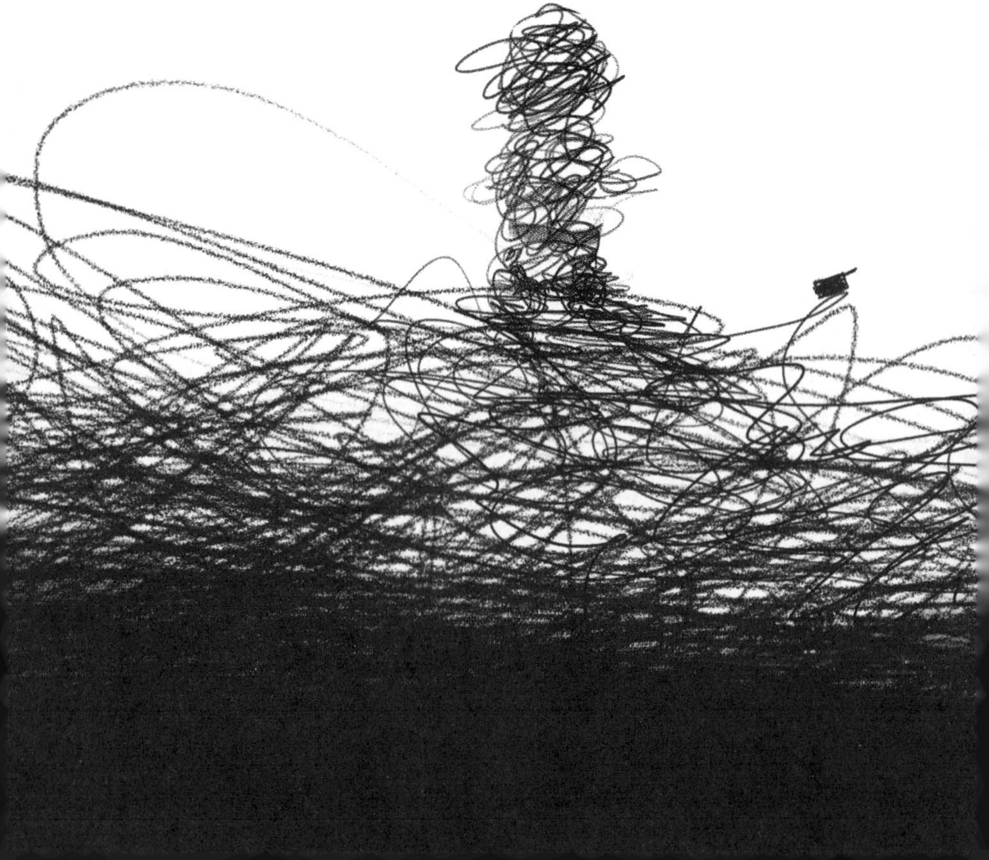

終幕
エピローグ

送走麻衣后，我们六个回到走廊，站在了通往出入口的铁门跟前，然后就这样等待她转动卷扬机。

我们纷纷屏住呼吸，仿佛不想让麻衣觉察到我们即将离开地下一样。

不多时，铁门的对面传来岩石摩擦的声音。

麻衣即将完成自己的使命。

事情似乎很顺利，隔着铁门，也能觉察到巨岩正在一点一点地移动。

只差一点了吧？终于，麻衣再也不可能回来了。

即便来到地面，我们仍未得救，必须想方设法避开塌方的道路下山。与此同时，水位还在一点一点地升高，麻衣会死在这里。

铁门那头的声音戛然而止。

口袋里的手机突然振动起来。

我看了眼屏幕，是对讲机应用的通知。

是麻衣的手机在请求通话。

本以为再也不会和麻衣有所交流的我骤然萌生出一丝寒意，仿佛接到了幽灵来电。

我没法不接，只得在众目睽睽之下，按下了通话键。

"柊一君？能听到吗？"

"嗯，是我。"

因为跨越楼层，还隔着铁门，音质非常粗糙。尽管如此。麻衣的声音仍旧分明地传到了我的耳朵里：

"是吗？那太好了。我感觉再过一会儿就能把岩石拽下来。在最后的时刻，我有件事无论如何都要告诉你。"

事到如今，还有什么非说不可的事吗？

众人都讶异地看向了我，我将麻衣有话对我说的事情转达给了他们，然后走进了一旁的102号房。

在刚才的诀别之后，她仍有想说的话吗？

待我告诉麻衣周围已经没人之后，她缓缓开口道："事实上，刚才翔太郎先生的推理有错误的地方，我想把这个告诉柊一。"

"错了？你说翔哥错了？"

那个推理有什么破绽吗？要是真的错了，当时麻衣为何什么都没说?

我一张嘴就说出了可怕的事情:

"难不成麻衣其实不是凶手……?"

"不,不是这样的。是我杀了那三个人,这里并没有错。错的是动机哟。"

"动机?"

这就是说,她其实并不是想嫁祸给隆平而做的吗?

"对,动机。"

"那你为什么要做这样的事?简直太愚蠢了。要是不这样做,麻衣可能就不用死。"

"不对,该从哪里解释才好呢,真叫人为难。反正简单地说,就是这么回事。从现在开始,要死在地下的并不是我,而是柊一你们哦。"

我不禁将听筒从耳畔拿开。

从现在开始,要死的并不是麻衣,而是我们。

她真是这么说的,绝无可能听错。

麻衣的话声万分冷静,既没有精神错乱,也不像是在撒谎。她只是陈述事实而已。

"那为什么我们要死,麻衣却能生还?"

"那就让我来解释下吧。柊一,这里装了监控摄像头吧,机械室里有两台显示器,可以看到监控影像。显示器上用记号笔写着出入口和紧急出口,没错吧。"

"是啊,可这个——"

"地震发生之后,就在大家一起寻找六角扳手的时候,柊一过去确认了显示器对吧?然后你发现地面上发生了塌方,虽然影像中出入口那边并没什么,可紧急出口那边被土石彻底掩埋了。"

"嗯。"

"就算从出入口上到地面,也不可能马上呼叫救援吧。所以大家才说留在地下的人唯有死路一条。可是,要是我抢在柊一发觉之前,就把那两台显示器的信号线互换了呢?如果出入口的显示器上显示的是紧急出口,而紧急出口的显示器上显示的是出入口呢?"

我几欲昏厥,就这样蹲倒在了地上。

天地已然倒转。

"也就是说,被土石掩埋的并不是紧急出口,而是出入口?"

"没错,即便我拽下了岩石,你们也不可能回到地上,盖板被土石压住了。

"想从这里出来,唯有用潜水器材,穿过积水的地下三层,从没被土石压住的紧急出口逃出。

"我第一个查看了显示器,立刻意识到了这点,所以才把两边的影像做了调换。因为潜水器材是有限的,要是被大家知道的话,争夺气瓶的死亡游戏便要开场了吧。

"即便木桥没有坍塌,只要中途的道路因地震发生了塌方,就不知道什么时候才能叫来救援。而且当时的我并不清楚水要过多久才能涨上来。总而言之,我别无选择。"

麻衣在我之前确认了显示器。要想互换影像十分容易,只需调换信号电缆即可。

通过调换影像,麻衣独占了逃脱需要潜水器材的情报。在这之后,她让所有人深信,唯有牺牲杀人凶手方能从此处脱身。

"那两个影像拍的都是荒草地上的盖板,看起来很相似吧?再说了,在我们抵达这里的时候,夜幕已经降临。因此我们并没有在亮堂的地方仔细观察过这两个地方。在地震发生之前,没有人见过照明充足的监控录像。

"因此,就算出入口和紧急出口的影像互相调换也没什么可担心的。不过裕哉君就不一样了。他之前来过这里，当时的他理应仔细观察过紧急出口和出入口的周边吧。唯有裕哉君不行，要是被他看到显示器上的影像，互换的把戏就有可能被拆穿。"

这才是真正的动机吗？

"所以你才杀了裕哉？"

"没错哟，还有另一个原因。要是当时没有发生凶案的话，或许就会通过抽签之类的方式来决定由谁留在地下吧？

"要是事情变成这样就不好办了。因为一旦岩石被拽下来，我也就出不去了。可我又不能把这事告诉大家。

"所以我不得不杀人。只要大家都去寻找凶手，就可以争取时间。在找到凶手之前，那块岩石也就不会落下来了。

"我也需要时间，因为潜水器材并不是可以直接使用的状态。"

这事我和翔太郎讨论过。我们在探讨是否要去地下三层取回沙耶加的头颅时，提到过潜水器材中没有背气瓶用的背架，若不用别的东西代替，就没办法潜水。

麻衣也是一样，为了逃离此地，不得不自制背架。

"那你为什么要杀了沙耶加？果然是为了不让别人知道你是杀人犯——"

"不，不是哟。刚才我说沙耶加的手机里存有显示绳索位置的照片，这都是骗人的。哪怕真留下了这样的照片，也没法证明只有我出入过收纳绳索的房间，更何况我根本不可能看到沙耶加手机里的照片。

"不过沙耶加的手机里的确存着我绝不想让大家看到的东西。

"喂，柊一君，你还记得薯片风波之后，大家聚集在餐厅时沙耶加说的话吗？大概半年前，裕哉给她发了地下建筑的照片，还提到里面有出入口和紧急出口的照片吧？

"虽说沙耶加并没有发觉，可要是把那些照片和监控影像进行对比可就糟了。通过比较附近的树木位置等，便有可能觉察到影像被调了包。"

对麻衣而言，比起被发觉是凶手，调换影像的事被人发觉才更致命。

这么说来，当得知矢崎一家与过去待在这里的宗教组织有瓜葛时，麻衣突然变得莫名执拗，向矢崎一家反复确认他们对这座地下建筑的了解程度，不正是考虑到他们有可能觉察到显示器里的影像存在相悖之处吗？

"还有刺过沙耶加的那把刀,这并不是用来嫁祸给某人的哟,而是为了自证我是凶手而留下的。

"要是一直不知道凶手是谁,用不了多久大家就会陷入恐慌,搞不好会引发大混乱,这样一来,便有可能丧失逃脱的机会。

"所以万一真的到了无法收拾的地步,我打算站出来承认自己是凶手,可是到时候要是什么证据都没有,不就显得很奇怪吗?哪怕自己主动提出来转动卷扬机,隆平和柊一君也有可能挽留我。

"所以我才藏起了刀,为的是紧急情况下对你们挑明证据就藏在货架后边。

"好吧,这么做其实也没意义。在那之前,刀就被矢崎先生发现了。"

这个解释仍有龃龉之处。

"那你杀死矢崎先生的时候,为什么要去仓库?"

为了证明自己是凶手,只需坦白藏凶器的位置即可,根本没必要拿回刀子。

"因为我在做背架哟。我打算将绳子和各种材料组合起来,将气瓶固定在背上,还想拿些铁丝加固。就在前往仓库去取的时候,发现矢崎先生埋伏在那里。

"我并不是来拿刀的,倒也不怕自己是凶手的事被人发觉,不过矢崎先生还是必须死。

"因为矢崎先生在用气瓶,要是放着不管,那我潜入地下三层所需的空气就会耗尽,那个气瓶原本就没有多少余量。"

这三桩残暴的杀人案,似乎和麻衣很不搭调。

但事实上并没有什么无法理解的,名为"方舟"的建筑,赋予了麻衣杀人的许可。

她并不在乎杀的是谁、杀了几人,大家横竖都得死。

被勒住脖颈的裕哉和沙耶加,被刺穿胸口的矢崎,反正早晚都是一死。而且和我们六人的死法相比,他们的死或许还算是一种幸福……

麻衣是我们之中唯一得到天启的人。

手机里依旧能听到麻衣平静的声音:

"做背架可太不容易了。我必须瞒着大家的眼睛,在自己房间里一点一点地编绳子。要是有人进来,必须藏在发现不了的地方。而且做的时候还得万分小心,万一坏掉就彻底完了。

"做完之后,我把它藏在地下二层,正好在你们去仓库找到矢崎先生之后。因为仓库淹了水，所以藏起来非常容易。

"喂，柊一君，你在听吗？"

像是在等待回应似的，麻衣掐断了话头。她是想确认我是否还在听她说话。

我挣扎着回应了她：

"什么？"

"其实我做了两个背架哟。还有柊一君的那份。喏，潜水用具是两人份的吧。

"要是柊一君决定和我一起留在地下，就能用这个和我一起逃出去了哟。可是事情并没有变成那样。虽然很遗憾，不过就这样吧。"

对啊，她一直在等我。那个时候，要是我和麻衣一起下去的话——那我就得救了。

这种事情我办不到啊——要么冲她这般大叫，要么乞求她此刻让我过去，我的头脑中闪过了两个念头，然而直觉告诉我两者都没有任何意义。

这次我真的栽倒在了地上，濒临晕厥。

手机里再度传来了我刚才抛给麻衣的话：

"那就再见吧。"

通话被掐断了。

我奄奄一息地躺在地上,好似一个从岩壁上跌落的人。

被困在这样的地下,一味地等待大水迫近。再然后,我会死在这里。

不多时,巨岩坠入地下二层的声音响彻耳畔。

那是有如地震般的剧烈震动,我却觉得它远在天边。

走廊上响起了欢呼声,我深知众人此刻正沿着通道朝地面飞奔而去。

没用的,盖板绝对无法打开……

就在这时,没有任何征兆,视野乍然变得一片漆黑。

时限已至,发动机停止运转。

数秒之后,远处传来了五个人绝望的哀号声。

再人《方舟》

有栖川有栖

在初读的冲击稍稍平息之后，且让我们整装出发，二度探索《方舟》。

本作的故事脉络清晰易懂，并无需要深入阅读才能理解的场景和台词，但由于尾声篇幅简短，留下了些许需读者自行填补的空间。通过重读，读者亦可体味填补空白的趣味。

诸位或许已然理解尾声简短的原因。凶手并未长篇大论地解释"事实如何如何，因此我这般考虑……"。叙述过于详尽，节奏就会拖沓，有损高潮部分带来的冲击和兴奋。

重读之际，我首先想要确认的是"凶手麻衣是否有其他生还之策"。她可否向众人坦诚相告，让体力较强的人逃出去寻求救援？毕竟有大约一周的时限，假使众人通力合作，制作气瓶背架的时间理应也能缩短。

或许麻衣也曾考虑过这个方案，但最终放弃了。这是深思熟虑后的决定，如果撇开伦理问题，可谓合理的判断。

外界的情况全然不可知，来时经过的那座不甚牢靠的桥大概率已经坍塌（山谷有十米之深），即便能够去对岸，也可能会出现塌方之类的导致无法下山的情况。手机没有信号，即便出去呼救的人有着梅勒斯[1]那样的坚韧和热情，有些事情也是力不能及的。

即便出去的人幸运地下山并寻获救援，从紧急出口那端进入，把即将淹水的地下建筑最上层的九个人一个不落地救出也绝非易事。

运送器械前来突破被堵住的出入口更是困难重重，即便有可用的器械，救援工作也可能需要数天时间。虽说麻衣未必了解，不过确实有这样一个实例——在一九九六年发生的北海道丰滨隧道坍塌事故中，由于仍可能有幸存者，爆破作业举步维艰。

1　出自太宰治名篇《奔跑吧，梅勒斯》，其中有善良正直的牧羊人梅勒斯为信守承诺，救回挚友而不辞险阻一路奔走的情节。

从接到灾害派遣请求之日起，自卫队的救援活动持续了一周之久（在NHK档案馆可查看当时的新闻影像）。

此外，由于水位上升，留给幸存者的时间可能会变得更短，"余命一周"的设定贯穿始终，但时间并非沙漏，这种预判也非绝对。

麻衣曾说过"无论如何，我都想活着回去"。即便所有人都怀抱相同的愿望，可她尤其害怕溺水的死法。请各位想象一下自己最不能接受的死法（譬如被巨蛇生吞），并进一步思考。

倘若将众人甩在身后，便能独自重新回到明媚的天空下（虽说可能因为无法下山而被迫与饥饿缠斗，但至少暂时得以无恙）。若以实相告，所有人获救的可能性虽不是零，却也微乎其微，果然还是不行吧。只有逃往外界的人得以生还，自己则困在黑暗的地下，被巨蛇生吞入腹——不，溺水而亡。

这是绝难接受的结局，在此之前，围绕着"由谁出去呼救"的纠纷而引发的惨烈争斗（麻衣在结尾处称为"死亡游戏"）更是让人畏忌。倘若诉诸武力，麻衣是全无胜算的。

通过监控画面得知外界的异变后，"必须隐瞒这个事实"的心理便不难理解，麻衣立即做出调换显示器的举动也有了合理性。

在这个时间点，麻衣心中并没有"为了封口，杀死曾来过这里，有可能发现显示器异状的裕哉，成为杀人凶手，揽下操作卷扬机的任务，独自一人从紧急出口脱身"的计划，等调换完显示器后，她还有时间思考接下来的行动。

杀害无冤无仇的同伴这一行为，通常会伴随着无法想象的心理抵触。通常状态下，这似乎并无可能，但事态已非寻常。

由于出入口被堵住，潜水器材的氧气只够一人用——凶手使用的情况下，余下的九人便成了"注定一死之人"，就好比在执行前夜杀害死刑犯一样，杀人的乖谬性大幅降低。

阅读本书时，许多读者会联想到"电车难题"[1]这个思考实验，但那是为了探讨功利主义和道德论，即"（自己介入）救下五人，还是（不介入）只救一人"的问题。虽说出现牺牲者在所难免，但并没有哪方的人注定会死。

即便是"注定一死之人"，也不能恣意下手杀害。但如果是为了自己能够生还，情况便有所不同了。没有什么犯罪动机比这更为迫切、更为强烈。

现实中也有这样的法律规定——在危急状态下加害他人，可以减轻或免除刑罚，比如日本刑法第三十七条提到的紧急避险。竹本健治先生在该书日文版腰封评论中所提到的"卡涅阿德斯船板"[2]的寓言亦是如此，自古以来希腊便把这当作"无可奈何

---

1 伦理学知名思想实验之一，其内容为假设一条轨道上被绑5人，另一条轨道上被绑1人，电车即将开过，而你可以选择拉动拉杆杀死1人救下5人，或者不拉动拉杆杀死5人救下1人，是个该如何权衡选择的问题。

2 伦理学知名思想实验之一，为古希腊学者卡涅阿德斯所创，探讨遇难之际是否该杀人自保的问题。

之举"。顺带一提,日本刑法第三十六条讲的乃是正当防卫。

正因为具备了这样的条件,麻衣才决意去做。若想象一下她做出这一决定的心路历程,恐惧感便自脚底油然而生。

如若不犯下杀人之罪,而是告诉众人"我情愿牺牲自己,反正活腻了",又如何呢?还是行不通吧。一边避人耳目一边搬运潜水器材和气瓶背架本就难于登天,哪怕卖力演戏,万一招来怀疑,而被人勘破"你是在隐瞒什么吧",弄巧成拙的话就糟糕了。

果然还是别无选择。

我们已经花了很长时间验证是否有其他出路,接下来,让我们审视麻衣的言行。倘若了解了事态发展再回头重读的话,就会找到很多"哦,所以她才会这样说啊"的台词。

最为震撼的是在矢崎幸太郎试图操作卷扬机时,她所发出的呼喊:"住手!会被关进去的!"倘使事情发生,计划就会被打乱,自己也将被囚禁于方舟之中,所以她才挺身制止。这不仅是本作的结局,也是贯穿全篇的"颠覆"和"反转"之一。

除巧妙地利用双关语欺骗读者之外,这里也关联到了结局。在隆平眼里,矢崎幸太郎的轻率举动恰是脱身良机,他乐享其成,期盼"那家伙赶紧把石头拽下来",而柊一却试图阻止。这般充满人性的举动无疑触动了麻衣的心。

麻衣甚至替柊一准备了背架。她之所以萌生想要救柊一的想法，原因之一是原本就对他抱有好感，或许也有对他保全自己计划的谢意。除此之外，柊一所表现出的对他人的关怀，也让她萌生了不忍抛下对方的念头。

然而，即便将三个理由捆绑在一起，麻衣仍未下定决心救下柊一，甚至直到最后都未曾向他吐露秘密。她只能测试他是否自愿同她一起留下。此处仿佛凝聚了她的人性观。

又或者，假使柊一知晓了自己的行为有多骇人，不知会做出何种反应，所以麻衣才不敢如实告知吧。大概只有在柊一自愿留下这一奇迹发生之后，她才敢吐露实情。然后，她不得不亲口告诉对方，奇迹并未发生……

麻衣本打算杀死一人并藏匿凶器，等待合适的时机坦白，却发生了某些始料未及的事，犯下了两起计划之外的谋杀。其中一起还出于某些缘由不得不切断受害者的头颅（该理由也可视作对传统推理小说的情节的"颠覆"），命运真是无比残酷。

其中最大的意外，当数方舟中居然有像名侦探一样拥有推理能力的翔太郎，他从逻辑上揭露了麻衣是凶手的事实。然而这对麻衣而言并非不幸，反倒替她省去了坦白的麻烦。

在推理的终盘，被问及感想之际，麻衣的回答是"我觉得翔太郎先生的推理非常厉害，堪称完美吧"，由衷地表示了钦佩。与此同时，她还淡然地让对方继续。真是岂有此理，直叫人不寒而栗。

在推理小说史上，不乏因无法阻止凶手连续杀人而饱尝苦果，或被虚假线索愚弄而颜面尽失的侦探。然而，被耍弄到这等地步的侦探应该是空前的吧。

对麻衣而言，这并非《死亡笔记》中夜神月的"计划"。因为侦探以极具说服力的推理揭露自己的罪行，这实在是"计划之外"。

然而本书的侦探不仅折损了颜面和自尊，还遭到浑然不觉的报复而丢了性命，对于侦探而言，实在想象不出比这更悲惨的结局。

翔太郎所展示的推理，对喜欢注重逻辑性的本格推理的推理迷而言是无可挑剔的。既否定了假线索的可能性，也不会出现所谓的"后期奎因问题"。

动机纯属臆测，且与真相大相径庭，细节上也有许多微妙的芜杂之处。尽管如此，锁定真凶的演绎推理还是无可挑剔的。这只能用"精妙绝伦"来形容。

即便想要推辞，也只能说出"凶手可能信不过商家所标榜的手机防水性能"这种程度的微词，但这并不适用于小说的美学。如果以哲学术语的"原始事实"来论证的话，那么不仅仅是推理小说，就连现实社会的生活也将无法成立。

翔太郎对认罪后的麻衣说了这样的话——"在这种极端的状况下，我相信你是最能做出理性判断的那个"。在做完华丽的推理之后，名侦探通常是不会说出这般平庸的台词的。只能说作者的笔触无情至极。

或许有人会觉得，尽管登场人物如此集中，时间如此紧凑，但对每个人物的挖掘仍不充分。这就涉及故事结构的问题。

《方舟》是纯度极高的"whodunit（猜凶手小说）"，一旦从某个角色的视角公平地描写其内心世界，便能立即确认该人物究竟是不是凶手。

为了将嫌疑人名单的人数最大化（这也是应读者所愿），作者只能将其写成一部第一人称小说。叙述者会向读者展露内心世界（除非是那种对读者撒谎，对外界认知不可靠的"不可信的叙述者"）。故而可以确定叙述者并非凶手，读者可以与叙述者一起参与到解谜中去。

被选中的叙述者是柊一。一切前因后果都是通过他的眼睛来描述的。柊一对同伴和矢崎一家所抱有的印象和获知的信息，都只停留在他所感及所知的范畴之内。

倘使将每个人都描绘得个性十足，那么虚构性就会变得过于强烈，令文章显得不够自然。还有可能破坏作品的令人不安的氛围，使得趣味性朝别的方向延伸。

假使是恐怖或惊悚题材，角色越生动就越能带动气氛。但在本作中，过分生动则有可能降低其中的合理性（考虑到故事设定本就异常，能确保合理性的话还是尽量确保）。向着既非恋人，也非挚友，仅仅是社团伙伴的人投去的目光，大抵不过如此。

作者擅长创作角色个性丰富的小说，通过阅读《绞首商会》和《来自马戏团的执行吏》（尤其是后者）就能明显地看出这点。我在此推荐这些作品，意在让各位读者见见诸如百合子、鞠子和胜代这样的角色。

虽仍有诸多未尽之言，但囿于篇幅，还是到此为止。如果各位也注意到了这点，不妨与身边同样有过"方舟体验"的人尽情交流。

在我看来，本作最大的特点是能够让读毕的人之间产生互相交流的愿望，因为那个真相能够一直留存于心。

这部小说描写的是一场几乎不可能经历的危机，却向所有读者抛出了一个问题——"倘若是你，你会如何思考，如何行动"。当获悉真相之后，本以为"凶手将不可避免地成为牺牲品"的读者，想必也会感到心口落下了一块巨岩。

《方舟》不仅是以反转为魅力的惊吓盒式的推理小说，还是一部简单明了却颇具余韵的作品。当读者思考"为何会被凶手所欺骗"，也即被作者所欺骗，读者就必须直面内心的种种。

再经历一段时日，你可能会想三入《方舟》。